中国文学名家精品

Shipingmei Xiaoshuo Jingpin

石评梅小说精品

石评梅 著　郭艳红 主编

北方妇女儿童出版社

图书在版编目（CIP）数据

石评梅小说精品/石评梅著；郭艳红主编.—长
春：北方妇女儿童出版社，2015.1（2021.3重印）
（中国文学名家精品）
ISBN 978-7-5385-8218-5

Ⅰ.①石… Ⅱ.①石… ②郭… Ⅲ.①短篇小说—小
说集—中国—现代 Ⅳ.①I246.7

中国版本图书馆CIP数据核字（2015）第007603号

石评梅小说精品
SHI PING MEI XIAO SHUO JING PIN

出 版 人	刘　刚	
责任编辑	王天明	
开　　本	700mm×980mm　1/16	
印　　张	9	
字　　数	148 千字	
版　　次	2015 年 5 月第 1 版	
印　　次	2021 年 3 月第 3 次印刷	
印　　刷	固安县云鼎印刷有限公司	
出　　版	北方妇女儿童出版社	
发　　行	北方妇女儿童出版社	
地　　址	长春市福祉大路 5788 号	
电　　话	总编办：0431-81629600	
定　　价	26.80 元	

前　言

　　习近平总书记在文艺座谈会上指出，繁荣文艺创作、推动文艺创新，必须要有大批德艺双馨的文艺名家。我国作家艺术家应该成为时代风气的先觉者、先行者、先倡者，要通过更多有筋骨、有道德、有温度的文艺作品，书写和记录人民的伟大实践、时代的进步要求，彰显信仰之美、崇高之美。

　　是的，当历史跨入21世纪的新时代，我们党发出了实现中国梦的伟大号召，掀起了轰轰烈烈的复兴中国文化的运动。这就要求我们站在时代的前沿，薪火相传，一脉相承，弘扬中国有史以来优秀的、光明的、先进的、科学的、文明的文化，融合古今中外一切文化精华，构建具有中国特色的现代民族文化，向世界和未来展示中华民族的文化力量、文化价值与文化风采。

　　就文学创作而言，就是广大作家要接过近现代中国文学名家传递的笔墨圣火，照亮时代的道路，创造文学的繁荣；广大读者则应吸收近现代中国文学的精神力量，认识过去的时代，投身当代的建设。总之，中国的复兴需要大家添光加彩！

　　回首上世纪初，中国掀起了伟大的反帝反封建的民族解放运动，广大作家以此为崇高历史使命，把文字作为投枪匕首，走在时代最前列，创作了大量优秀的文学作品，发出了代表时代最强音的呐喊，振聋发聩，唤醒广大人民群众，开创了新文化运动，创造了现代文学。

　　中国现代文学是指用现代文学语言与文学形式，表达中国现代思想、感情、心理的文学，是在"五四"新文化运动影响下，广泛接受外国文学影响而形成的新兴文学，产生了极大的历史推动作用。

在新文化运动推动下，广大作家汲取中外文学营养，形成了新的文学形态。他们不仅用白话语言表现现代科学民主思想，而且在艺术形式与表现手法上对传统文学进行深入革新，创建了新的文学体裁。在叙述角度、抒情方式、描写手段以及结构组成等方面，都有全新创造，极具现代特色，成为真正现代意义上的文学。

中国现代文学的主流是人民的文学，广大作家深入火热的战斗生活中，极大加强了文学与民众的结合，文学与进步的社会思潮及民族解放、革命运动的自觉联系，这构成了中国现代文学的基本历史特征与传统。此时的文学，以表现普通民众生活、改造国民性格和社会人生为根本任务。

中国现代文学早期的发展，是在广大作家吸取外来文学营养使之民族化并继承民族传统使之现代化的过程中奠定基础的。对于如何正确对待传统文化与西方外来文化的问题，他们打破了抱残守缺的国粹主义思想，进行了彻底革新，曾对西方各个历史时期的文艺思潮、文学流派，包括各种文学形式、表现手法等，进行了全面介绍与广泛吸收，同时对我国传统文学遗产也进行了重新评价。这对促进思想与艺术的解放，促进文学的现代化，起到了重要作用，从而形成了现代文学的繁荣局面，促进了广大民众的觉醒。

接过20世纪中国文学作家的思想圣火，实现新时代民族文化复兴的中国梦，这是广大作家和读者义不容辞的神圣职责。为此，我们从诗歌、散文、小说三大文学体裁着手，特别编辑了这套《中国文学名家精品》，精选了许多文学名家的精品力作，代表了中国20世纪文学的高度，具有极强的权威性、可读性和艺术性。

这些文学名家，都是中国20世纪现代文学的开拓者和各种文学形式的集大成者，他们的作品来源于他们生活的时代，是那个时代社会生活的缩影，包含了作家本人对社会、生活的体验与思考，影响着社会的发展进程，具有永恒的魅力。他们是我们心灵的工程师，能够指导我们的人生发展，对于复兴中国文化具有深远的启迪作用。

作者简介

石评梅（1902—1928）乳名心珠，学名汝璧。因她爱慕梅花的俏丽坚贞，自取笔名石评梅。山西省平定县城里人。她是我国20世纪20年代著名的作家和革命活动家，是我国近现代女作家中生命最短促的一位。

石评梅自幼便得家学滋养，有深厚的文学功底。父亲是她的启蒙老师，从小教她"四书""诗经"。除家教外，她还先后就读于太原师范附小、太原女子师范，并且成绩优异。除酷爱文学外，她还爱好书画、音乐和体育，是一位天资聪慧、多才多艺的女性。

1919年，石评梅考入北京女子高等师范学校体育系。在读书期间，她结识了著名作家冯沅君、苏雪林等人，并同著名作家庐隐、陆晶清等人结为至交。在"五四"高潮的岁月里，她们常常一起开会、演讲、畅饮、赋诗，所谓"狂笑，高歌，长啸低泣，酒杯伴着诗集"，甚是浪漫。在这无比浪漫中，她步入了文学的门槛。

1923年，石评梅从北京女子高等师范学校毕业前，她随学校旅游团去杭州等地旅游，回来后她著有游记《模糊的余影》。1923年，她毕业后留校任该校附中女子部主任兼国文、体育教员。其间她与高君宇相恋，但由于对方已有妻室，她不得不久久拒绝高君宇的爱情。

1925年3月，高君宇因过度劳累，一病不起，病逝于北京协和医院。高君宇的死，使石评梅痛悔交加。自此，她便常在孤寂凄苦中，前到高君宇墓畔，抱着墓碑悲悼泣诉。1926年，她和陆晶清一起编辑《世界日报》副刊《蔷薇周刊》。

1928年9月18日，石评梅猝患脑膜炎，医治无效，于9月30日

去世于当年高君宇病逝的协和医院。她去世后，友人们根据她生前曾表示的与高君宇"生前未能相依共处，愿死后得并葬荒丘"的愿望，将其尸骨葬在君宇墓畔。

石评梅在"五四"高潮的岁月里，她在《语丝》《晨报副刊》《文学旬刊》《文学》，以及她与陆晶清参与编辑的《妇女周刊》《蔷薇周刊》等报刊上发表了大量的诗歌、散文、游记和小说，其中尤以诗歌见长，有"北京著名女诗人"之誉。作品大多以追求爱情、真理，渴望自由、光明为主题，小说创作以《红鬃马》《匹马嘶风录》为代表。

石评梅在生命最后几年的作品中，她有相当一部分作品是怀念高君宇或追忆二人交往的往事之作，如《狂风暴雨之夜》《我只合独葬荒丘》《墓畔哀歌》等。

石评梅终年不满27岁，创作生涯仅仅6年。她在诗歌、小说、剧本、评论等体裁上面都曾驾驭过，但其成功却是散文和诗歌。在她去世后，她的作品曾由庐隐、陆晶清等友人于1929年编辑成《涛语》《偶然草》两个集子出版。

石评梅的作品无论是对光明的渴望、爱情的追求，还是对妇女和社会的解放，都充满了柔弱女性的奋力挣扎和不断追求真理的执着精神。她的作品呈现出从充满时代悲哀的叹息到对理想追求执着精神的转变过程。她对既崇敬又心爱之人的缅怀，更表现了她对追求真挚爱情的执着。同时，她深深理解我国劳动妇女以及全民族的悲惨命运和对黑暗的抗争，从而使争取自由和解放的执着精神也跃然纸上。

著名作家庐隐曾评价石评梅说：石评梅注定了她是悲剧中的主角。她经历了从幻想到现实的痛苦，从虚幻、失望、渴望到仇恨、反抗、破坏的连续悲剧起落的过程。她的散文就是她自身的情感苦旅和这中间巨大思考时空的真实记录。

石评梅 小说精品【目录】

石评梅
小说精品
【目录】

第三辑

石评梅

小说精品

【第一辑】

归　来

　　四围山色中，一鞭残照里，我骑着驴儿归来了。过了南天门的长山坡，远远望见翠绿丛中一带红墙，那就是孔子庙前我的家了，心中说不出是什么滋味，这又是一度浩劫后的重生呢：依稀在草香中我嗅着了血腥：在新冢里看见了战骨。我的家，真能如他们信中所说的那样平安吗？我有点儿不相信。

　　抬头已到了城门口，在驴背上忽然听见有人唤我的乳名。这声音和树上的蝉鸣夹杂着，我不知是谁？回过头来问跟着我的小童：

　　"珑珑！听谁叫我呢！你跑到前边看看。"

　　接着又是一声，这次听清楚了是父亲的声音；不过我还不曾看见他到底是在那里喊我，驴儿过了城洞我望见一个新的炮垒，父亲穿着白的长袍，站在那土丘的高处，银须飘拂向我招手；我慌忙由驴背上下来，跑到父亲面前站定，心中觉着凄梗万分眼泪不知怎么那样快，我怕父亲看见难受，不敢抬起头来，也说不出什么话来。

父亲用他的手抚摩着我的短发，心里感到异样的舒适与快愉。也许这是梦吧，上帝能给我们再见的机会。

　　沉默了一会，我才抬起头来，看父亲比别时老多了，面容还是那样慈祥，不过举动得迟钝龙钟了。我扶着他下了土坡，慢慢缘着柳林的大道，谈着路上的情形。我又问问家中长亲们的健康，有的死了，有的还健在，年年归来都是如此沧桑呢。珑珑赶着驴儿向前去了，我和父亲缓步在黄昏山色中。

　　过了孔庙的红墙，望见我骑的驴儿拴在老槐树上，昆林正在帮着珑珑拿东西呢！她见我来了，把东西扔了就跑来，喊了一声"梅姑！"似乎有点害羞，马上低了头，我握着她手一端详：这孩子出脱的更好看了，一头如墨云似的头发，衬着她如雪的脸儿，睫毛下一双大眼睛澄碧灵活，更显得她聪慧过人。这年龄，这环境，完全是十年前我的幻影，不知怎样联想起自己的前尘，悄悄在心底叹了一口气。

　　进了大门，母亲和一个不认识的女人坐在葡萄架下，嫂嫂正在洗手。她们看见我都喜欢的很。母亲介绍我那个人，原来是新娶的八婶。吃完饭，随便谈谈奉军春天攻破娘儿关的恐慌虚惊，母亲就让我上楼去休息。这几间楼房完全是为我特备的，回来时母亲就收拾清楚，真是窗明几净，让我这匹跋涉千里疲惫万分的征马，在此卸鞍。走了时就封锁起来，她日夜望着它祷祝我平安归来。

　　每年走进这楼房时，纵然它是如何的风景依然，我总感到年年归来时的心情异昔。扶着石栏看紫光弥漫中的山城，天宁寺矗立的双塔，依稀望着我流浪的故人微笑！沐浴在这苍然暮色的天幕下时，一切扰攘奔波的梦都霍然醒了。忘掉我还是在这嚣杂的人寰。尤其令我感谢的是故乡能逃出野蛮万恶的奉军蹂躏，今日归来不仅天伦团聚而且家园依旧。

　　我看见一片翠挺披拂的玉米田，玉米田后是一畦畦的瓜田，瓜田尽头处是望不断的青山，青山的西面是烟火，人家，楼台城廓，

背着一带黑森森的树林，树梢头飘游着逍遥的流云。静悄悄不见一点儿嘈杂的声音，只觉一阵阵凉风吹摩着鬓角衣袂，几只小鸟在白云下飞来飞去。

我羡慕流云的逍遥，我忌恨飞鸟的自由，宇宙是森罗万象的，但我的世界却是狭的笼呢！

追逐着，追逐着，我不能如愿满足的希望。来到这里又想那里，在那里又念着回到这里，我痛苦的，就是这不能宁静不能安定的灵魂。

正凝想着，昆林抱着黑猫上来了。这是母亲派来今夜陪我的侣伴。

临睡时，天暮上只有几点半明半暗的小星星。我太疲倦了，这夜不曾失眠，也不曾做梦。

一　夜

　　我吃了晚饭，独自一个正在楼上望西沉的落日，侄女昆林跑上来说："梅姑！祖父让我来请你，不知为了什么事，祖母在哭呢！"

　　我怀着惊诧的心情来到母亲房里，芬嫂也在这里。他们都正沉默着，母亲坐在椅上擦眼泪，屋里光线也很黯淡，所以更显得冷森严肃。父亲见我进来，他望着我说："刚才珑珑来，他说你七祖母病的厉害，你回来还未看过她，这时候我领你去看看吧，也许还来的及。那面的事情我已都让你瑾哥去理了。"

　　骤然听得这消息，我心里觉着万分凄楚！母亲也要过去，我们因为天太晚了，劝阻她明天再去。我换了件衣服，随着父亲出来，昆林也伴着我，提了芬嫂燃着的玻璃灯。这正是黄昏时候，落日照在树林菜圃，发出灿烂的金光。缘着菜圃的垄走去。

　　走过了菜圃，下了斜坡，便是一道新修的马路，两旁的杨柳，懒懒地一直拖到地上。夜幕渐渐垂下，昆林手中提着的玻璃灯，发出极光亮的火焰，黑暗的阴森的道上，映着我们不齐的身影。父亲拄着龙头拐杖，银须飘拂，默无一语的慢慢踱着，我和昆林也静悄悄的随在他身畔，我们都被沉重的严肃的悲哀包围着。

马路的南边现出一带青石的堤，进了石堤门口有两棵老槐树的便是七祖母家了。

我们在这黑漆的大门口。我的心搏跳的很厉害，我等候一个悲剧的来临在这叩门声中。门开了，是瑾哥。后面还跟着一个十三四岁的小童，提着一把药壶，他就是珑珑。

"病人怎么样？"父亲问。

"医生刚走，他说老病没有希望了。现在还清楚，正在念着梅妹呢！快进去看看去吧！一直是喊着你的名字。"

瑾哥又转头向我说。

瑾哥先把父亲让到东厢房，留着昆林伴着他，小童给沏上茶，我随了瑾哥来到上房，上了台阶揭帘进去，是三间大的一个外间，中间长桌上供着一个白磁观音，两旁挂着杏黄绸神幔，香炉皇还有余烟未尽，佛龛前燃着两支蜡烛。西间垂着一个软竹帘，映着灯光，看见里面雪帐低垂的病榻。我轻轻地走进去，一个女仆向我招呼了一下，我就来到床前：她的面色十分的枯干苍白，双睛深陷下去，灰白的头发披散在枕畔，身体瘦小的盖着绒帽和床一样平。我便咽着喊了一声"七祖母"，她微睁开那慈和温祥的眼望着我，她似乎不敢相认。

"谁？"一个细小的声音由帐中传出。

"是梅玲妹妹来看你的，你不是正在念她吗？"瑾哥伏在床前向她说。

"啊！原来就是玲玲。"惊喜的把头微微抬起，伸出一只枯瘦不能盈握的手，握住我；她瞪眼望着我流下泪来，她道："玲玲！我恐怕不能再见你呢！前些天你父亲来，说你怕暂时不能回来，火车又快不通了，我很念你呢！可怜我病了许久了，今年春天就不能起床了，我天天祷告着，让我快快死了吧！我在这世上早就是废物了。我在你小时就抚抱着你，从摇篮里一直看你长了这么大，我真欢喜呵！我时时都想着你，玲玲！我莫有白疼你，你能在这时候回来给我送终。"她说着老泪流到颊上，手在抖擞着。屋里点着两盏煤油灯，但我只觉昏暗的可恐怖。女佣人给我搬一个椅子在床边，我坐下才详细的和七祖母谈她的病况，她有时清楚，有时糊涂，病象是很危险了。有时心里凄酸的说不出什么。可怜这孤苦无儿女的老人，她从小那样珍爱我抚育我，今天既然来了，当然愿意伴着她，令她瞑目死去的。乘她昏睡时出来到东厢去看父亲，我道："父亲：七祖母病危，怕今夜就过不去的，我想今夜留在这里陪着她，父亲，我求你的允许。"

我说时哽咽的泣了，父亲也很难过，他吩咐瑾哥去买办衣服棺材，并请几个人来帮帮忙。瑾哥走后他和昆林到上房来看病人，已不如见我时清楚了，似乎在呓语着，父亲唤她几声"七婶"，她只睁开眼看看，也不说话，面部的表情非常苦痛悲惨！

父亲出来到外间向我说："梅玲！你就在这里伴着她好了，回头我让你乳娘也来，如果无事明晨我再来；假如情形不好你就让珑珑去报个信。瑾哥今天晚上也在这里，也许还有别的人，你不要怕，七祖母抚养你的小，你送终她的老，是应当的。梅玲！你好好安慰她，令她含笑而终……"父亲说话的声音也有点颤抖了。

我燃了玻璃灯，仍让昆林提着，送他们到大门口，我又嘱咐昆林好好招呼着祖父。一直望着他们的灯光给树林遮住看不见了，才掩门回来。

女佣人和我伴着七祖母，珑珑在厨房煎药。瑾哥回来已十点多钟了，衣服已置来，我都交给女佣人去看一遍，还少什么不少。我们匆忙中现出无限的凄凉和惨淡，我时时望着她的脸抚摸着她的手，我希望她再和我说几句话，这真是痛心的事情，顷刻中她的灵

魂便去了永不回来。

一会工夫乳娘也提了灯宠挟着一个衣包来了，是母亲给我带来的衣服。

这一夜我便在病床边伴着她，她已失了知觉。只余了一点未断的气息慢慢喘着。在她那枯干苍白的脸上，看出她在人间历经苦痛的残痕。我祷告。最好就这样昏迷的死去，不然她在这时候一定会感到人间的恨憾！她是个孤独者，她是挣扎奋斗了七十多年，一员独守残垒的健将。她二十岁嫁给了七祖父，结婚不到三年七祖父便客死异乡，余下一点薄薄的财产，也都被强暴的族人占了去。她困苦无所归，便只身来到我家，给我们帮忙做点粗活计，祖母很同情她可怜她，常嘱咐父亲要照顾着。我生后一月，不幸爱我的祖母便死了。那时母亲也病着，一切料理丧事，看护母亲，都是七祖母。后来我的乳娘走了几天，也是她代理着母亲的职务来抚养我，那时她真把一切的爱都集注在我身上，我的摇篮中埋殡着她不可言说的悲痛和泪痕。那时我的浅笑，我的娇态，也许都是她唯一的安慰呢！

十数年来，凭着她的十指所得，也略有点积蓄，父亲劝她承继一个儿子，将来也有个依靠，她只含泪摇头的拒绝。后来她也老了，我们又都是漂泊在外边不常回去，父亲就借她这所房子让她住着，雇一个小孩服侍她，她虽然境遇孤苦，但还不至于令她作街头饿殍的，自然是我父亲的力量。

为人是非常的和蔼，不论心里有什么悲哀的事情，表面上都是那一付微笑的面靥；她是忍受着默咽着一切的欺凌和痛苦。她是无抵抗主义者的信徒。她似乎认定人间不会给与她什么幸福快乐的，所以她宁愿依人篱下求暂时温饱，不希望承继儿女，来欢娱她荒凉的暮景，她甘于寂寞的生活，不躲避自己孤苦的命运，不怨天不尤人，很平淡的任其自然的来临；这种漠然的精神也许是旁人做不到的。我虔诚的替七祖母祈祷，愿她将这永久的平淡和漠然，留给世间苦痛的朋友们自己慰解着！

　　阴森的夜里，我在她床前来回的走着，一盏暗淡的灯，在黑暗中幌摇着现出无限的恐怖，我勉强抑压着搏跳的心等待着死神黑翼的来临！一会工夫我又去看看她的面色和呼吸，乳娘整理着她的殓衣，女佣人在分散族人的孝幅；瑾哥常常探首来问消息，他的面色已现得十分憔悴！天黎明时，病人渐渐垂危，呻吟苦闷，气息也喘的很紧；瞳孔也缩小了，而且昏暗无光。我注视着她。抚着她的手，轻轻呼着"七祖母"，她似乎还想说什么，嘴唇微动着但一点声音也没有发出，面色渐渐红了，身体转动了几下，微睁开眼望了望我，她就闭上眼，喉间痰涌上来，喘息着：一阵一阵气息低微，我这时低低喊着她，泪已落满了床褥。

红鬃马

　　那是一个春天的早晨，一轮赤日拖着万道金霞由东山姗姗地出来，照着摩天攀云的韩信岭。韩信岭下的居民，睡眼蒙眬中，忽然看见韩侯庙里的塔尖上，插着一杆雪白的旗帜，在日光中闪耀着，在云霄中飘展着。这时岭下山坡上，陆陆续续可以看见许多负枪实弹的兵士，臂上都缠着一块白布，表示革命军特别的标志。

　　他们是推倒满清，建设民国的健儿。一列一列整齐的队伍过去，高唱着激昂悲壮的军歌，一直惊醒了岭下山城中尚自酣睡的居民。

　　韩信岭四周的山城，为了这耀目的白采，勇武的健儿们，曾起了极大的纷扰，但不久这纷扰便归于寂静；居民依然很安闲愉快地耕种着田地，妇人也支起机轮纺织布匹。小孩们还是在河沟里掏螃蟹，沙滩上捡石子地玩耍着。

　　在当时纷扰中，隐约的枪声里，我和芬嫂、母亲扮着乡下人，从衙署逃出来，那时只有老仆赵忠跟着我们。枪林弹雨中，我们和一群难民跑到城外，那时天已黄昏，晚霞正照着一片柳林，万条金线慵懒地垂到地上。树荫下纵横倒卧着的都是疲惫的兵士，我们经过他们的面前连看都不敢着，只祷告不要因为这杂乱的足声惊醒他们的归梦。离城有五里地了，赵忠从东关雇来一辆驴车，母亲告诉车夫去南王村，拿着父亲的一封信去投奔一个朋友。我那时才十岁，虽然不知为什么忽然这样纷扰，不过和父亲分离时，看见父亲那惊吓焦忧的面貌，和母亲临行前收拾东西的匆促慌急，已知道这不幸的来临，是值得我们恐怖的！

逃难时我不害怕也不涕哭，只默默地看着面前一切的惊慌和扰乱，直到坐在车上，才想起父亲还陷在恐怖危险中，为什么他不和我们一块儿出来呢！问芬嫂，她掩面无语；问母亲时，她把我揽在怀中低低地哭了！夜幕渐渐低垂，树林模糊成一片漆黑，驴车上只认出互相倚靠蜷伏的三个人影。赵忠和车夫随着车走。除了车轮的转动，和黑驴努力前进的呼吸外，莫有一点响声。广漠的黑暗包围着，有时一两声的犬吠，和树叶的飘落，都令人心胆俱碎！到了南王村已是深夜，村门上有乡勇把守，因为我们是异乡人不好走进村。后来还是请来了父亲的朋友王仁甫，问明白后才让我们进去。过了木栅门，王宅已派人拿了灯笼来接，这时我心中才觉舒畅，深深地向黑暗的天宇吐了一口气。坐上王宅车到他家时，我已在路上睡着了。

这一夜，母亲和芬嫂都未安眠，我们焦虑着父亲的吉凶。芬嫂和母亲说："早知道这样两地悬念，还不如在一块儿放心。"母亲愈想愈觉着难过，但是在人家这里也不愿现出十分悲痛的样子。第二天，母亲唤醒我，才知道父亲已派人送信来了，说城中一切都平静，革命军首领是我们同乡郝梦雄，他是父亲的学生，所以不仅父亲很平安，连这全县一百余村也一样平安。这消息马上便传布了全村，许多妇人领着自己的小孩来到王宅慰问我们！母亲很客气地接

见了他们。那天午餐是全村的乡董公请，母亲在席上饮上三杯酒，庆祝这意外的平安！

午餐完毕，王宅用轿车送我们进城，这次不是那样狼狈了。一进城门，便看见军队排立着向我们举枪致敬。车进了大门，远远已看见父亲和一位雄壮英武全身军装的少年站在屏风门前迎接我们。下了车，我先跑过去拖住父亲，父亲笑着说："过去给你梦雄哥行礼，不是他，我也许见不着你们了。"这时真说不出是悲是喜，母亲和芬嫂都在旁边擦着眼泪，父亲笑声中也带了几分酸意。我走到梦雄面前很规矩的向他行了礼，他笑着握了我的手说："几年不见，妹妹已长大了，你还认识我吗？"他蹲下来捧着我的下颚这样问，我笑了，跑到母亲跟前去，父亲笑了，梦雄和赵忠他们都笑了！。

过了几天，父亲和梦雄决定了一同进省，因为军旅中不便带女眷，所以把我们留在这里。在梦雄走的前一天，我们收拾好行装搬到南王村王仁甫家中暂住，等父亲派人来接我们。临行时父亲和梦雄骑着马送我们到城外，我也要骑马，父亲便把我抱在他的鞍上。时已暮春，草青花红，父亲和梦雄并骑缓缓地走过那日令我惊心的柳林，我忽然感到一种光荣，这光荣是在梦雄骑着的那匹红鬃马的铁蹄上！

到了东关外，父亲把我抱下马来，让我和母亲坐在车上去。我知道和父亲将要分离，心中禁止不住的凄哀，拉着父亲的衣角哭了！梦雄跳下马来，抚着我的额前短发，他说："妹妹，你不要哭，过几天便派人来接你去省城。你想骑马，我那里有许多小马，我送你一匹，你不要哭，好妹妹。"母亲、芬嫂下了车和父亲、梦雄告别后，——赵忠又抱我上了车。车轮动了，回头我见父亲和梦雄并骑站在山坡上，渐渐远了，我还见梦雄举扬着他的马鞭。

梦雄因为这次征服了岭南各县的逆军，很得当道的赞喜！回到省城后，全城的民众开大会欢迎他的凯旋。不久他便升了旅长，驻

扎在缉虎营，保卫全城。在这声威煊赫后的梦雄，当时很引起我们故乡长老的评论。他家境原本贫寒，父亲是给人看守祠堂，母亲是个瞎子。他十岁时便离开家乡去漂泊，从戎数载，转战南北。谁都以为他早已战死沙场，那料到革命军纷起后，他遂首先回来响应。不仅他少年得志令人敬佩，最使人艳羡的他还有一位美丽英武的夫人，听说是江苏人，她的来历谁都不知道，但是她的芳名冯小珊是这城里谁都晓得的。

　　我们到了省城后，便和梦雄住在一条胡同内。小珊比我大十岁，我叫她珊姐。她又活泼又勇武，憨漫天真中流露出一种庄严的神采，教人又敬又爱。梦雄和她感情很好，英雄多情，谁也看不出英武的梦雄在珊姐面前缠绵柔顺却像一只小羊。

　　过了中秋节后四天，是我的生日。父亲特别喜欢，张罗着给我过一个愉快幸福的生辰。那天早晨，母亲给我换上玫瑰色缎子的长袍，上边加了一件十三太保的金绒坎肩，一排黄澄澄的扣子上镌着我的小名；芬嫂与我梳了两条松长的辫子垂在两肩，她又从小银匣内拿出一条珠链给我挂在颈上。收拾好，母亲派人来叫我，芬嫂拉着我走到客厅，在廊下便听见梦雄和珊姐的笑声！我揭帘进去。珊姐一见我便跑过来握着我的手说："啊呀！好漂亮的小姑娘，你过来看看我送你的礼。""她一定喜欢我的，你信不信？"梦雄笑着向珊姐说。我走到母亲面前，母亲指桌上一个杏黄色的包袱说："你还不谢谢珊姐给你的礼。"我过去打开一看，是一套黑绒镶有金边的紧身戎装，还有一顶绒帽。梦雄不等我看完，便领我走到前院，出了屏门那棵槐树下拴着两匹马，一匹是梦雄的红鬃马；还有一匹小马。周身纯白，鞍辔俱全。我想起来了，这是梦雄三月前允许了我的礼物。我真喜欢，转过身来深深地向他们致谢！那天收了不少的礼物，但是最爱的还是这两样。

　　不久我便进了学校，散课后，珊姐便和我骑着马去郊外，缘着树林和河堤，缓辔并骑；在夕阳如染，柳丝拂鬐的古道上，曾留

了不少的笑语和蹄痕。有时玩得倦了，便把马拴在树上，我们睡在碧茵的草地上，绿荫下，珊姐讲给我许多江南的风景；谈到她的故乡时，她总黯然不欢，我那时也不注意她的心深处，不过她不高兴时，我随着也就缄默了。

中学将毕业的前一年，梦雄和珊姐离开了我们去驻守雁门关。那时我已十六岁了，童年的许多兴趣多半改变。梦雄送给我的小白马，已长得高大雄壮。我想留着它不如送给珊姐自用，所以我决定送给她。在他们临行时，我骑着它到了城外关帝庙，父亲在那里设下了别宴。我下了马，和梦雄、珊姐握别时，一手抚着它，禁不住的热泪滴在它蒸汗的身上。珊姐骑着它走了三次，才追着梦雄的红鬃马去了。归途上，我感到万分的凄楚，父亲和母亲也一样的默然无语。斜阳照着疏黄的柳丝，我忽然想起六年前往事，觉童年好梦已碎，这一阵阵清峭的秋风，吹落我一切欢乐，像漂泊的落叶陨坠在深渊之中。

八年以后，暑假里，我由燕北繁华的古都，回到娘子关畔的山城。假如我尚有记忆时，真不信我欢乐的童年过后，便疾风暴雨般横袭来这许多人间的忧愁，侵蚀我，摧残我，使我终身墓葬于这荒冢寒林之中。此后只有在一缕未断的情丝上，回旋着这颗迂回而悲凄的心，在一星未熄的生命余焰里，挥泪瞻望着陨落的希望之星，和不知止于何处的遥远途程。这自然不是我负笈千里外所追求的，又何尝是我白发双亲倚闾所希望的。然而命运是这样安排好了，我虽欲挣脱终不能挣脱。

这八年中，我在异乡沉醉过，欢笑过，悲愁过，痛哭过，遍尝了人间的甜酸辛辣；才知道世界原来是这个罪恶之薮，而我们偶然无意中留下的鸿爪，也许便成了一种忏悔罪恶的遗迹。恍惚迷离中，一切虽然过去了，消逝了，但记忆磨灭不了的如影前尘，在回忆时似乎尚可得一种空幻的慰藉。

黄昏的灯光虽然还燃着，但是酒杯里的酒空了，梦中的人去了，战云依然深锁着，灰尘依然飞扬着，奔忙的依然奔忙，徘徊，依然徘徊的我忽然踌躇于崎岖荆棘的天地中，感到了倦旅。我不再追求那些可怜的梦影了，我要归去，我要回到母亲的怀里，暂时求个休息去。我倦了，我想我就是这样倒下去，我也愿在未倒时再看看我童年的摇篮，和爱我的双亲。

挣扎着由黑暗的旅舍中出来，我拂了拂衣襟上的尘土，抚了抚心上的创口，向皎洁碧清的天空深深地吐了一口气后，踏着月色独自走向车站。什么都未带，我不愿把那些值得诅咒，值得痛恨的什物，留在身畔再系绊我。就这样上了车，就这样刹那间的决定中抛弃了一切。车开行了，深夜里像一条蜿蜒在黑云中的飞龙，我倚窗向着那夜幕、庄严神秘的古都惨笑！惨笑我百战的勇士逃了！

谁都不晓得，这一辆车中载着我归来，当晨曦照着我时，我已离开古都有八百里，渐渐望见了崇岭高山，如笋的山峰上，都戴着翠冠，两峰之间的瀑布，响声像春雷一般。醒了，我一十余载的生之梦，这时被洞中水声惊醒了！禁不的眼泪流到我久经风尘的征衫！为了天堑削壁的群山，令我回想到幼年时经过的韩信岭，和久无音信的珊姐和梦雄。

下了火车，我雇了一只小驴骑到家；这比什么都惊奇，我已站在我家的门口了。湖畔一带小柳树是新栽的，晚风吹拂到水面，像初绾的头发，那边上马石前，卧着一只白花狗，张着口伸出血红的舌头，和着肚皮一呼一吸的，正看着这陌生的旅客呢！我把小驴系在柳树上，走向前去叩门，我心颤动着，我想这门开了后，不知将来的梦又是些什么？

到家后三天，家中人知我心境忧郁，精神疲倦。父亲爱怜我，让我去冠山住几天，他和小侄女蔚林陪着我。一个漂泊归来的旅客，乍承受了这甜蜜的温存和体帖，不觉感极涕下！原来人间尚有这块园地是会使我幸福的，骄傲的。上帝！愿永远这样吧！愿永远以这伟大的慈爱抚慰世上一切痛苦失望中归来的人吧！

山道中林木深秀，涧水清幽，一望弥绿，把我雪白的衣裳也映成碧色。父亲坐着轿子，我和蔚林骑着驴，缓缓地迂回在万山之间；只听见水声潺潺，但不知水在何处！草花粉蝶，黄牛白羊，这村色是我所梦想不到的。一切诅恨宇宙的心，这时都变成了欣羡留恋，一草一木，一山一水之微，都给与我很深很大的安慰。我们随着父亲的轿子上了几层山坡，到了我家的祖茔；父亲下了轿，领着我和蔚林去扫墓，我心中自然觉到悲酸。在父亲面前只好倒流到心里。烧完纸钱，父亲颤巍巍地立在荒墓前，风吹起他颚下的银须和飞起的纸灰。这一路我在驴上无心再瞻望山中的风景，恨记忆又令我想到古都埋情的往事。我前后十余年中已觉世事变幻，沧桑屡易，不知父亲七十年来其辛苦备尝，艰险历经的人事，也许是恶苦多于欢乐？然而他还扎挣着风烛残年，来安慰我，愉悦我。父亲！懦弱的女儿，应在你面前忏悔了！

远远望见半山腰有一个石坊，峰头树林蔚然深苍中掩映着庙宇的红墙，山势婉蜒，怪石狰狞，水乳由山岩下滴沥着，其声如夜半磬音，令人心脾凛然清冷。蔚林怕摔，下了驴走着，我也下来伴着她，走过了石坊不远便到了庙前，匾额写着"资福寺"。旁边有一池清泉，碧澄见底，岩上有傅青主题的"丰周瓢饮"四字。池旁有散发古松一株，盘根错节，水乳下滴，松上缠绕着许多女萝。转过了庙后，渡一小桥是槐音书院，因久无人修理已成废墟，荆棘丛生中有石碑倒卧，父亲叹了一口气，对我说，这是他小时读书之处。再上一层山峰至绝顶便到冠山书院，我们便住在这里。晚间，芬嫂又派人送来许多零用东西，和外祖母特别给我做的点心。

夜里服侍父亲睡了后，我和蔚林悄悄走出了山门，立在门口的岩石上，上弦月弯弯像一只银梳挂在天边，疏星点点像撒开的火花。那一片黑漆的树林中时时听见一种鸟的哀鸣。我忽然感到这也许便是我的生命之林！万山间飘来的天风，如浪一样汹涌，松涛和着，真有翻山倒海之势。蔚林吓的拉紧了我的手，我也觉得心凉，便回来入寝。父亲和蔚林都睡熟了，只有我是醒着，我想到母亲，假如母亲在我身畔，这时我也好睡在她温暖的怀中痛哭！如今我仿佛一个人被遗弃在深夜的荒山之中，虎豹豺狼围着我，我不能抑制我的情感，眼泪如泉涌出！

鸡鸣了，我披衣起来，草草梳洗后便走出了山门，想看看太阳出山时的景致。一阵晨风吹乱了我的散发，这时在烟雾迷漫中，又是一番山景。我站在山峰上向四面眺望，觉天风飘飘，云霞烟雾生于足下，万山罗列，如翠笏环拱，片片白云冉冉飘过，如雪雁飞翔；恍惚如梦，我为了这非人间的仙境痴迷似醉。天边有点淡红的彩色，渐渐扩大了，又现出一道深紫的虹圈，这时已望见东山后放出万道金光，这灿烂的金光中捧出一轮血红似玛瑙珠的朝阳！

我下了石阶走去，那边林中有个亭子，已废记倾倒，蛛丝尘网中抬头看见一块横额，写着"养志亭"三字。四周都是古柏苍松，陵石峻秀，花草缤纷，静极了，静得只听见自己呼吸的声音。我沉思许久，觉万象俱空，坐念一清，心中恍惚几不知此身为谁？走下了养志亭，现出一条石道，自己忘其所以地披荆棘，践野草走向前去，望见一带树林中，隐约现出房屋，炊烟飘散，在云端缭绕。

下了山，看见一畦一畦的菜园，红绿相间。粉墙一带，似乎是个富人的别墅，旁边有许多茅屋草舍，鸡叫犬吠俨然似个小村落。看看表已七点钟了，我想该回去了，不然父亲和蔚林醒来一定要焦急我的失踪呢！我正要回头缘旧径上山去，忽然听见马嘶的声音，而且这声音很熟，似乎在哪里听见过一样！我奇怪极了，重登上了山峰，向那村落望去，我看不见马在哪里！又越过一个山峰时，我可以看见那一带粉墙中的人家了，一排杨柳下，拴着两匹马，我失惊的叫起来，原来一匹是梦雄的红鬃马，一匹是他赠我，我又赠珊姐的小白马。我仔细的望了又望，看了又看，一点都没有错，确是它们。

我像骤然得到一种光荣似的，心中说不出的喜欢，哪想到我在

这里无意中逢见它们。我又沉默了一会，觉着这不是梦。重新下了山，来到那个村落，我缘着粉墙走，看见一个黑漆大门，旁边钉着个铜牌写着郝宅，门口站着一个小姑娘，抱着一个小孩。我问她，这里是谁住着？她说是郝太太。我又问她："你是谁呢？"她指着怀中小孩说："这是郝少爷，我是她的丫头叫小蟾"

我说明来历，她领我走到客厅，厅里满挂着写了梦雄上款的对联和他的像，收拾得很整洁。院子很大，似乎人很少，静寂的只听见蝉声和鸟唱。碧纱窗下种着许多芭蕉，映得房中也成了绿色。院中满栽着花木，花荫下放着乘凉的藤椅。我正看得入神时，帘子响了，回头见一个穿着缟素衣裳的妇人走过来。我和她一步一步走近了，握住手，但是一句话也说不出，四只眼睛瞪望着。我真想哭，站在我面前这惟悴苍老的妇人，便是当年艳绝一时天真活泼的珊姐。我呢？在珊姐眼中也一样觉得惊讶吧！别时，我是梳着双髻的少女，如今满面风尘，又何尝是当年的我。她问我为何一个人这样早来？我告诉了她，父亲和蔚林在山上时，她即叫人去告诉我在这里，并请他们来她家午餐。后来我禁不住了，问到梦雄，她颜色渐渐苍白，眼泪在眶中转动着，她说："已在一年前死了！"我的头渐渐低下，珊姐紧紧握住我的手，我和她都在静默中哭了！

珊姐含泪领我到她的寝室，一进门便看见梦雄的放大像，像前供着几瓶鲜花。我站在他遗像前静默了一会，我心中万分凄酸；那知关帝庙一别便成永诀的梦雄，如今归来只余了一帧纸上遗影。我原想来此山中扫除我心中的烦忧，谁料到宇宙是如斯之小，我仍然又走到这不可逃逸的悲境中来呢！

"珊姐！难得我们在此地相见，今日虽非往日，但我们能在这刹那间团聚，又何尝不是一种幸福。你拿酒来，我们痛饮个沉醉后，再并骑出游，你也可以告我别后的情况，而且我也愿意再骑骑小白马，假如不是它的声音，我又哪能来到这里？"我似乎解劝自己又是解劝珊姐似的这样说。

珊姐叫人预备早餐，而且斟上了家中存着的陈酒。痛饮了十几杯后，我什么东西都没有吃，遂偕同珊姐走到后院。转过了角门，我看见那两匹马很疲懒的立在垂杨下。我望着它们时心中如绞，往日光荣的铁蹄，驰骋于万军百战的沙场，是何等雄壮英武！如今英雄已死，名马无主，我觉红鬃马的命运和珊姐也一样呢！我的白马也不如八年前了，但它似乎还认识故主，我走近了它时，它很驯顺地望着我。珊姐骑上梦雄的红鬃马，我骑上白马，由后门出来。一片绿原，弥望都是黄色的麦穗，碧绿的禾苗。珊姐在前领着道，我后随着，俨然往日童年的情景，只是岁月和经历的负荷，使我们振作不起那已经逝去的豪兴了。

远远望见一片蔚浓的松林，前面是碧澄的清溪，后面屏倚着崇伟的高山，我在马上禁不住的赞美这个地方。停骑徘徊了一会，抬头忽然不见了珊姐，我加鞭追上她时，她已转入松林去了。我进了松林，迎面便矗立着一块大理石碑，碑顶塑着个雕刻的石像，揽辔骑马，全身军装；碑上刻着："革命烈士郝梦雄之墓。"珊姐已下了马，俯首站在墓前，墓头种满了鲜花和青草，四周用石柱和铁环围绕着。

我把马拴在松树上，走近了石碑，合掌低首立在梦雄墓前，致这最后的敬意和悲悼！梦雄有灵也该笑了，他一生中所钟爱的珊姐和红鬃马，都在此伴着他这静默的英魂！偶然相识的我，也能今朝归来，祭献这颗敬慕之心。梦雄！你安息吧，殡葬你一切光荣愿望、热烈情绪在这山水清幽的深谷中吧！

珊姐望着石像哭了！我不知怎样劝慰她，只有伴她同挥酸泪！她两手怀抱着梦雄的像，她一段一段告诉我，他被害的情状，和死时的慷慨从容。我才知道梦雄第二次革命，是不满意破坏人民幸福利益的现代军阀。他虽然壮志未酬身先死，但有一日后继者完成他的工作时，他仍不是失败的英雄。他的遗嘱便是让珊姐好好地教养他的儿子，将来承继他的未完之志去发扬光大，以填补他自己此生

的遗憾！

　　自从听见了珊姐的叙述后，不知怎样，我阴霾包围的心情中忽然发现了一道白采，我依稀看见梦雄骑马举鞭指着一条路径，这路径中我又仿佛望见我已陨落的希望之星的旧址上，重新发射出一种光芒！这光芒复燃起我烬余的火花，刹那间我由这个世界踏入另一世界，一种如焚的热情在我胸头缭绕着——燃烧着！

白云庵

    天天这时候，我和父亲去白云庵。那庵建在城东的山阜上，四周都栽着苍蔚的松树，我最爱一种披头松，像一把伞形，听父亲说这是明朝的树了。山阜下环绕着一道河水，河岸上都栽着垂杨，白艳艳的大小山石都堆集在岸旁，被水冲激的成了一种极自然美的塑形。石洞岩孔中都生满了茸茸的细草，黄昏时有田蛙的跳舞，和草虫的唱歌消散安慰妇人们和农工们一天的劳苦，还有多少有趣的故事和新闻，产生在这绿荫下的茶棚。

    大道上远望白云庵像一顶翡翠的皇冠，走近了，碧绿丛中露出一角红墙，在烟雾白云间，真恍如神仙福地！庵主是和父亲很好的朋友，据说他是因为中年屡遭不幸，看破了尘世，遂来到这里，在那破庙塌成瓦砾的废址上结建了一座草庵。他并不学道参禅，他是遁潜在这山窟里著述他一生的经历，到底他写的是什么，我未曾看见，问父亲，也不甚了解；只知道他是撰著着一部在他视为很重要的著述。

　　早晨起一直到黄昏，他的庵门紧闭着，无论谁他都不招待不接见，每天到太阳沉落在山后，余霞散洒在松林中像一片绯纱时，他才开了庵门独自站在岩石上，望着闲云，听着松啸，默默地深郁的沉思着。这时候我常随侍着父亲走上山冈，到松林里散步乘凉，逢见他时，我总很恭敬的喊一声"刘伯伯"。慢慢成了一种惯例，黄昏时父亲总带着我去白云庵，他也渐渐把我们看作很知己的朋友，有时在他那种冷冰如霜雪的脸上，也和晚霞夕照般微露出一缕含情的惨笑！

　　父亲和他谈话时，我拿着一本书倚在松根上静静地听着，他不多说话，父亲和他谈到近来南北战事，革命党的内证，和那些流血沙场的健儿，断头台畔的英雄，他只苍白着脸微微叹息！有时他很注意的听，有时他又觉厌烦，常紧皱着眉峰抬头望着飘去飘来的白云。我不知他是遗憾这世界的摒弃呢，还是欣慰这深山松林，白云草庵的幽静！久之我窥测出他的心境，逆料这烟云松涛中埋葬着一个悲愁的惨剧，——这剧中主人翁自然是这位沉默寡言，行为怪僻的"刘伯伯"。

　　有一天父亲去了村里看我的叔祖母，我独自到松林里的石桌上读书，那时我望着将要归去的夕阳，有意留恋；我觉一个人对于她的青春和愿望也是和残阳一样，她将悄悄地逝去了不再回来，而遗留在人们心头的创痕。只是这日暮时刹那间渺茫的微感，想到这里我用自来水笔写了两行字在书上：

　　　　黄昏带去了我的愿望走进坟茔，
　　　　只剩下萋萋芳草是我青春之魂。

　　我握着笔还想写下去，忽然一阵悲酸萦绕着笔头，我放下了笔，让那一腔凄情深深沉没隐埋在心底，我不忍再揭开这伤心的黑

幕，重认我投进那帏幕里的灵魂，这时我背后传来细碎的足音，沉重而迟缓，回过头来见是白云庵中的"刘伯伯"。我站起来。他问我父亲呢，我方回答着，他就坐在我对面的石凳上，俯首便看见我那墨水未干的两行字，他似乎感触着一种异样的针灸，马上便陷进深郁的沉思里。半天他抬头向我说："蕙倩，你小小年纪应该慧福双修，为什么写这样的悲哀消极的句子？"他严肃的面孔我真觉有点凛然了，这怎样解说呢！我只有不语。过了一会他深深地叹了口气，他又望着天边最后的余霞说："我们老年人总羡慕你们青年人的精神和幸福，人老了什么也不是，简直是一付储愁蓄恨的袋子，满装着的都是受尽人生折磨的残肢碎骨，我如今仿佛灯残烛尽，只留了最后的微光尚在摇幌，但是我依然挣扎着不愿把这千痕百洞的心境揭示给你们年青人，蕙倩！像你有什么悲愁？何至于值的你这般消极？光明和幸福在前途等候着，你自前去迎接罢！上帝是愿意赐福给他可爱的儿女。"到了最后一句时他有点哽咽了，大概这深山草庵孤身寄栖的生活里，也满溢着他伤心的泪滴呢。这时云淡风清，暮色苍茫，他低了头苦不胜其所负荷的悲愁，松涛像幽咽般冲破这沉静的深山，轻轻唤醒了他五十余年的旧梦，他由口袋里拿出他的烟斗，燃著飘渺的白烟中，他继续的告我他来到这里的情形，他说："蕙倩！我结庵避隐到这山上已经十年了，我以前四十余年的经过，是一段极英武悲艳的故事，今天你似乎已用钥匙开开我这秘密的心门，我也愿乘此良夜，大略告诉你我在人生舞台上扮演过的角色。

　　三十年前我并不是这须发苍白的老翁，我是风流飘洒的美少年，我的祖父和父亲都是亡国盛朝的大臣，我是在富贵荣华的府邸中长大，我的故乡是杭州，我也并不姓刘，因为十年前我遭了一次极重要的案件，我才隐姓埋名逃避在这里。

　　西子湖畔苏堤一带，那里有我不少的马蹄芳踪，帽影鞭痕，这是我童年欢乐的游地，也是我不幸的命运发动之处。有一年秋天，

我晚饭后到孤山去看红叶，骑着马由涌金门缘着湖堤缓辔游行，我在马上望见前面有一个淡青竹布衫，套着玄青背心的女郎；她右手提着一篮旧衣服向湖边去。我把鞭子一扬，马向前跑了几步，马的肚带忽然开了，我翻镫下马来扣时，那女郎已姗姗来到我面前了。她真是我命中的女魔，我微抬头便吃了一惊！觉眼前忽然换了一个世界，我恍如置身在广寒宫里，清明晶洁中她如同一朵淡白莲花！真是眉如春山微蹙，眼似碧波清澈；我的亲眷中虽不少粉白黛绿，但是我从未曾看见过这样清秀幽美的女郎。当时把我的马收拾好，她已转到湖边去了，我不自禁的牵了马跟着她，她似乎觉得我是在看她，她只低了头在湖边浣衣，我不忍令她难堪，遂悄悄地骑了马走了。从此以后，我天天到这堤上来徘徊，但总没有再逢见她，慢慢这个影响也和梦中的画景一样，成了我灵台中供养着的一朵莲花。这一瞥中假如便结束了这段因缘，那未尝不是一个绮丽神仙的梦境。那知三个月之后，我从嫂嫂房里出来，逢见赵妈领着一个美丽的姑娘进了月亮门，走近了，她抬起头来，吓了我一跳！这是奇遇，你猜她是谁，她就是苏堤上逢见的浣衣女郎，她两腮猛然飞来两朵红云，我呆呆地站在走廊上。

后来我问嫂嫂的丫头，才知道她是赵妈的女儿，名字叫"梅林"，那年她才十六岁，我的母亲喜欢她幽闲贞静，聪明伶俐，便留在我家里住，不久我们便成了一对互相爱恋的小儿女，我那时十八岁。这当然是件不幸的事件，我们这样门第，无论如何不许我娶老妈子的女儿，我曾向我母亲说过，爱我的母亲只许我娶亲以后，可以收她做我的妾，我那时的思想遂被这件不幸的婚姻问题所激动，我便想当一个家庭革命者，先打破这贫富尊贱的阶级和门阀的观念，后来父亲听见这消息。生气极了，教训了我一顿，勒令母亲马上驱逐赵妈出去，自然，"梅林"也抱着这深沉的苦痛和耻辱出了我家的门。

在她们没有走的前一天夜里，我和梅林在后门的河沿上逢见，她望着垂柳中的上弦月很愤怒的向我说："少爷！我今天听太太房里的兰姑告我，说老爷昨天在上房里追问着我和少爷的事，他生气极了，大概明天就要我和我妈回去。少爷，这件事我现在不能说什么话，想当初我原不曾敢高攀少爷，是少爷你，再三的向我表示你对我的热感。我岂不知我是什么贫贱的人，那敢承受你的爱情，也是你万般温柔来要求我的。如今，我平空在你家闹了这个笑话，我虽贫贱，但我……唉！我家里也有三亲六故，朋友乡里，教我怎样回去见人呢？"她说着低了头呜呜地哭了！这真是青天的霹雳！我那时还是个不知世故的小孩，我爱梅林纯粹是一腔天真烂漫的童心，一点不染尘俗的杂念，那知人间偏有这些造作的桎梏来阻止束缚我们。我抚着她的肩说："梅林！你不用着急，假若太太一定让你回去，你就暂时先回去，我总想法子来成全我们；如果我的家庭真是万分不叫我自由，那我也要想法子达到我们的目的，难道我一个男子不能由我自己的意志爱我所爱的人吗？不能由我自己的力量去救一个为我牺牲的女子吗？至于我的心，你当然相信我，任海枯石烂，天塌地崩，这颗爱你的心是和我的灵魂永远存在。梅林！我总不负你，你抬起头来看！我对着这未圆的月儿发誓：梅林我永不负你。"她抬起头来说："少爷！从前的已经错了，难道我们还要错下去吗？我呢！原是很下贱的人，在你们眼底只是和奴婢一样的地位……至于说到深层的话，少爷，梅林没有那么大的福分，就是你愿意牺牲上你的高贵来低就我，我也绝不作那非分之想。谁叫我们是两个世界中的人，假如我是宦门小姐，或者你是农夫牧童，老天就圆满了我们的心了。假如少爷慈悲爱怜梅林，只要在你心里有一角珍藏梅林之处，就是我不幸死去，也无所憾！少爷，其他的梦想，愿我们待之来生吧！"

她走后，我被父亲派到海宁去看病的姑母，我回来便听见她们说梅林死了，说她回去后三天便投湖死了！当时我万分悲痛，万分忏悔，我天天骑着马仍到逢见她的苏堤上去徘徊凭吊，但这场噩

梦除了给我心头留下创痕外，一切回忆，渺茫轻淡，恍如隔世。这样过了二年，我憔悴枯瘦的如一个活骷髅，那翩翩美丽的青春和幸福，都被这一个死的女郎遮蔽成阴森、惨淡、悲愁的黑影，因之我愤恨诅咒这社会和家庭，以及一切旧礼教的藩篱。于是我悄悄的离开家庭走了。

戊戌政变时，我在京师大学堂，后来又到上海当报馆主笔，那时我已和家庭完全绝裂，父亲和我的思想站在两极端不能通融，他是盛朝的耿耿忠心的大臣，我是谋为不轨的叛徒。太后临朝，光绪帝被囚于瀛台，康梁罢斥的时候，封闭报馆，严拿主笔，我和一个朋友逃到日本，那时我革命的热心更是拼我头颅，溅此鲜血而不顾。以我一个文弱书生，能这样奋斗，我自己的思想建筑在革命的程途上，这自然都是一个女子的力量，我爱敬的梅林姑娘。

在日本晤孙文和宫崎寅藏，庚子那年我回国随着唐才常一般人，奔走于湘鄂长江，两粤闽浙间，后来在汉口被官兵破获，才常等甘余人均死。我那时幸免于难，又第二次逃到日本。不久联军入北京，太后挈光绪出走，父亲母亲和全家都在北京被害，只剩了杭州家里者姨太养着的我的三弟，从此以后我湖海飘零，萧然一身，专心致志于革命事业者十余年，其间我曾逢见不少异国故乡的美婉女郎，她们也曾对我表示极热烈的愿望，但是我都含泪忍痛的拒绝了。因为我和梅林有海枯石烂永不相忘的誓言。

我的少年期，埋葬这一段悲惨的情史在我心底，以后我处处都是新疮碰上我的旧创。在日本我逢见黄君璧女士，她是那时在东京最有名的中华女侠，她学医我学陆军，我们是天天见面，肝胆相照的朋友，但是我心头有我的隐恨埋殡着，永不曾向她有超过朋友情谊的表示和要求。

辛亥革命，我二次回国投身军界，转战南北，枪林弹雨中逃出这付残骸来。民国以后我实指望着革命是得到了真正的成功，那知专制的帝王虽推倒，又出了不少的分省割据的都督将军，依然换

汤不换药的是一种表面的改革，我觉悟了中国人的思想，根本还是和前一样，渐渐我和这般革命元勋，旧时同志，发生了意见，我乃脱甲投戈又回到日本。袁氏称帝，那一般同志在日本重新旗鼓的预备挞伐，我也随着回来，这次我去向一个伟人抛掷炸弹，未中，我扮着乡人逃出北京，回到杭州看了看我的三弟，和已经出嫁并生有子女的妹妹。这时我才觉着我漂泊生活，已如梦一般把我那青春幸福的时代逝去了。我那时候更凄楚的想到梅林，我独自去苏堤一带又追寻了一番我们甘年前的旧梦。她一个勇武柔美，霜雪凛然的女郎，激发我做了这许多轰轰烈烈的事业，但如今我独自在苏堤上，回想起来更增加我的悲痛！甘余年中我像怒潮狂焱，任忧愁腐蚀，任心灵燃烧，到如今灵焰成灰烬，热血化白云，我觉已站在上帝的面前，我和人间一切的愿望事业都撒手告别。宇宙本无由来，主持宰制之者惟我们的意欲情流；人生的欢乐，结果只留过去的悲哀；人生的期望，结果只是空谷的回音，这和巍峨的宫段，峥嵘的宝塔一样，结果只是任疾风暴雨，摧残欺凌，什么美人唇边的微笑，英雄手中的宝刀，都是罪罚的象征，都是被梦来戏弄。地狱，死刑，暗杀；事业，爱人，金钱，在我的心底呵！从前都是热血的结晶，如今都化成苍白的流云飞上天边去了！"他说到这里忽然站起来，用手向星月灿然的天空指着，他的血又重新沸腾了，苍白的月色下，我看他的脸却和刚才的晚霞一样红，额下银须被晚风吹的在襟头飘拂着。

"蕙侄，你知道吧！我从前的雄心壮志，爱国热诚，革命思想，也和现在的青年们一样狂热呢！那时悬赏捕我的风声日紧一日，我也不能再振作我往日的雄心了，一切都和太阳下的融雪一样，我不能再挣扎支持上这孤独，悲哀，空虚的躯壳，和无穷的前途奋斗征战了！我遂肩行李云游到这山中。我爱这里有水涧瀑布，翠峦青峰。微雨和风，白云明月之下，我找了这一块干净土，把五十年雄心壮志，绮情蜜意都一齐深葬此山。任天下怎样鼎沸混

乱，人民怎样流离痛苦，我不闻问了，我将深藏此深山松篁中，任白云飘过我的头顶。我老了，我的担子青年人已接过去了，我该休息了，整理完成这廿年中的日记后，我想可以寻梅林去了！只恐怕她还是青春美丽的少女之魂，而我已经是龙钟苍老的白头翁了！"他手里拿着烟斗，微仰着头望着松林中透露出的半弦月神，他心里又想起廿年前那夜的月色，和梅林最后诀别的河畔蜜语。

我始终未曾打断他的话，这时我看他已不能再说什么了，我说："刘伯伯！人生的悲剧，都是生活和思想的矛盾所造成。理想和现实永远不能调和，人类的痛苦因之也永无休止。我们都在这不完善的社会中生活，处处现实和理想是在冲突，要解决这冲突的原因，自然只有革命，改变社会的生活和秩序。不过这不是几个人几十年就能成功的，尤其因为人生是流动的进步的，今天改了明天也许就发现了毛病，还要再改，革了这个社会的命，几年后又须要革这革过的命。这样我们一生的精力只是一小点，光阴只是一刹那。自然我们的幸福愿望便永远是个不能实现的梦了。一方面肉体受着切肤的压迫，一方面灵魂得不到理想中的安慰，达不到梦中的愿望，自然只有构一套悲剧了事。伯伯！你五十多岁了，也是一个时代的牺牲者，那知我二十多岁也是一样作了时代的牺牲者！说句不怕伯伯笑话的话吧！我如今消极的思想，简直和你一样。虽然我是个平常的女孩儿，并不曾有过什么惊天动地的作为，建过什么爱国福民的事业，和伯伯似的倦勤退隐。不过近来我思想又变了，我自己虽然把人生已建在消极的归宿处——坟墓之上；但是我还是个青年，我希望我为了自己的悲愁就这样悄悄死去的。我要另找一个新生命新生活来做我以后的事业。因之，我想替沉没浸淹在苦海中的民众，出一锄一犁的小气力，做点能拯救他们的工作，能为后来的青年人造个比较完善的环境安置他们。伯伯，假如你愿意，你便把你那付未卸肩的担子交付给我，我肩负上伯伯这付五十年湖海奔走，壮志如长虹的铁担。"

他听了这一番话，冰森冷枯的脸上，忽然露出浅浅的笑痕，他放下了烟斗，站起来伸过他瘦枯如柴的手来握住我的右手，他说："蕙侄！二十年来我这时是第一次得意！你这番话大大令我喜欢！你们青年，正该这样去才是光明正坦的大道，才可寻得幸福的人生。蜷伏在自己天鹅绒椅上哼哼悲愁，便不如痛痛快快，去打倒，去破坏这使你悲愁的魔鬼。革命的动机有时虽因为是反抗自己的痛苦，但其结果却是大多数民众的福利，并不能计较到自己的福利。所以这并不是投机求利的事业，虽然为了追求光明幸福而去，但是这也是梦想，你不要因为失望便诅咒他，我从前曾有过这样错误思想，现在先告诉你，蕙侄，你去吧！你去用你的血去溅洒这枯寂的地球去吧！使她都生长成如你一样美丽的自由之花。我在这里日夜祷告你的成功，你接上这付铁担去吧！事完后你再来这里和我过这云烟山林的生活，我把我整理好的日记留给你。假如我不幸死去，蕙侄！我也无恨憾了，你已再造了我第二次的生命！"他说到这里，山下远远看见一盏红灯隐现在森林中，走近时原来是我家的仆人，母亲叫他燃着来接我的。我向刘伯伯说："天晚了，明天我再来和伯伯说。这样大概我行期要提早，也须这一星期便可动身。谢谢伯伯今天给我讲的故事，令我死灰复燃，壮志重生。"他望着我笑了！我遂和来人点着母亲的红灯下了山，归路上月色凄寒，回头望白云庵烟雾缭绕，松柏森森中似乎有许多火萤飞舞，星花乱迸，这是埋葬在这里的珠光剑气罢！

我默想着松林下桌傍的老英雄，他万想不到他和梅林的一番英雄儿女的侠骨柔情，四十年后还激动了一个久已消沉的女子。

029

流浪的歌者

　　碧箫是一个女画家，近来因为她多病，惟一爱怜她的老父，伴她到这背山临海的海丰镇养病。海丰镇的风景本来幽雅，气候也温和，碧箫自从移居到这里后，身体渐渐地恢复了健康。

　　他们的房子离开海丰镇的街市还有四五里地，前面凭临着碧清浩茫的大海，后面远远望见，云气郁结，峦峰起伏的是青龙山蜿蜒东来的余脉；山坡上满是苍翠入云的大森林，森林后隐约掩着一座颓废的破庙。这是碧箫祖父的别墅，几间小楼位置在这海滨山隅，松风涛语，静寂默化中，不多几天，碧箫的病已全好了。黄昏或清晨时，海丰镇上便看见一位银须如雪的老人，领着一个幽雅淡美的女郎在海岸散步，林中徘徊。

　　有时她独自一个携着画架，在极美妙的风景下写生，凉风吹拂着她的衣角鬓发，她往往对着澄清的天宇叹息！她看见须发苍白的老父时，便想到死去已久的母亲。每次她悄悄走进父亲房里时，总看见父亲是在凝神含泪望着母亲的遗像沉思；她虽然强为欢笑的安慰着父亲，但不能制止的酸泪常会流到颊上。这样黯淡冷寂的家庭，碧簫自然养成一种孤傲冷僻的易于感伤的性情，在她瘦削的惨白的脸上，明白表现出她心头深沉的悲痛。

这时正是月亮尚未十分圆的秋夜，薄薄的几片云翼，在皎郎的明月畔展护着，星光很模糊，只有近在天河畔的孤星，独自灿烂着。四围静寂的连犬吠声都没有，微风过处，落叶瑟瑟地响，一种清冷的感触，将心头一切热念都消失了，只凄然引起一缕莫名的哀愁。

碧簫服侍父亲睡后，她悄悄倚着楼栏望月，这里并不是崇岭瀑泉，这里也不是凄风苦雨，仅仅这片云中拥护的一轮冷月，淡淡地悠悠地，翻弄着银浪，起颤动流漾时，已波动了碧簫的心弦，她低了头望着地上的树影冥想沉思。这时候忽然由远处送来一阵悠扬的琴声，夹和着松啸涛语，慢慢吹送到这里，惊醒了碧簫沉思之梦。她侧着耳朵宁神静气的仔细听，果然是一派琴音，

萦绕在房后的松林左右。这声音渐渐高了，渐渐低地，凄哀幽咽中宛转着迂回缠绵的心曲，似嫠妇泣诉，夜莺哀啼；悲壮时又满含着万种怨恨，千缕柔情，依稀那树林中每一枝叶，都被这凄悲的音浪波动着。碧簫禁抑不住的情感，也随着颤荡到不能制止，她整个的心灵都为这月色琴音所沉醉了。忽然间一切都肃然归于静寂，琴声也戛然而止，月色更现的青白皎洁，深夜更觉得寒露侵人，她耳畔袅袅余音，仿佛还在林中颤动流漾。那一片黑森森的树林，荫翳着无穷的悠远，这黑暗悠远的难以探索，正和他渺茫的人生一样呢！

碧簫想：这是谁在此深夜弹琴，我来到此三个月了，从未曾听见过这样悲壮哀婉的琴音。她如醉如痴的默想着，心中蜷伏抑压的哀愁，今夜都被这琴声掘翻出来：她为这热烈的情绪感动了，她深深地献与这无限的同情给那不知谁何的歌者。

晨曦照着了海丰镇时，多少农夫和工人都向目的地工作去了，炊烟缭绕，儿童欢笑的纷扰中，破了昨夜那个幽静的好梦。

碧箫在早晨时，发现她父亲不在房里了。下楼去问看门老仆，他说："清早便见主人独自向林中去了。"她匆匆披了一件外衣，出了栅门向北去，那时空气新鲜，朝霞如烘，血红的太阳照在渐渐枯黄的森林，如深秋的丹枫一样。走进了森林，缘着一条一条草径向破庙走去，那面有路通着海丰镇的街市。她想在这一路上，一定可以逢见父亲在这里散步回来。不远已看见那破庙的山门，颓垣残塔，蔓草黄叶，显得十分凄凉肃森。她走上了台阶，忽然听见有人在里面低吟，停步宁神再听时，父亲正从那面缓步而来。她遂下了台阶，跑了几步迎上去说："爸爸，我来寻你的，你去了那里呢？""到镇上看了看梓君，他病已好了，预备再过两星期就要回去。他问我们还是再住几天，还是一块儿回去呢。"她听见父亲这话后，低了头沉思了一会，这里的环境，却是太幽静太美丽了，她真有点留恋不肯去呢！她又想北京父亲还有许多事要办理，那能长久伴她住在这里。因之她说："爸爸，如果你急于回去，我们就同梓君一块儿去，不然再多住几天也好，爸爸斟酌吧！他们等着我们吃早餐呢，我们回去吧。"走到铁栅门时，服侍碧箫的使女小兰在楼上扬着手欢迎他们，碧箫最爱的一只黑狗也跑出来跟随在她的足下唤着。这时她心中充满了无限的衷感，这些热烈的诚恳的表情，都被她漠然不加一瞬的过去了。

碧箫同她父亲用完早餐后，她回到房里给她的朋友写一封信，正在握笔凝思的时候，忽然又听见一缕琴音由远而近，这时琴音又和昨夜不同，虽然不是那样悠远，但也含着不少穷途漂零，异乡落魄的哀思。这声音渐渐近了，似乎已到了栅门的左右，她放下笔走出了房门，倚着楼栏一望，果然见她家铁栅门外站着一个颀长的男子，一只手拿着他的琴，一只手他抚着前额，低头站在一颗槐树下沉思；浓密的树叶遮蔽了，看不清楚他的面容。她觉这个人来的奇怪，遂叫小兰下去打听一下，他在那里徘徊着做什么呢？

小兰跑下去，开了栅门。他惊惶的回过头来，看见栅门傍立着一个梳着双辫，穿碧绿衣裳的小姑娘。他挟着琴走向前；嗫嚅着和她说："姑娘！我是异乡漂游到此的一个遇难的旅客，我很冒昧，我很惭愧的，请求姑娘赏我点饭吃！"

小兰虽是个小女孩，但她慈悲的心肠也和她女主人一样。她自己跑到厨房向厨子老李要了一盆米饭，特别又给他找了点干鱼、干饽饽一类的东西拿给他。

小兰在槐树下拾石子玩耍，等他吃完了，她才过来收回碗碟。他深深向小兰致谢，他说；"姑娘！我不知用什么言语来代表我的谢忱，我只会弹琴，我弹一曲琴给姑娘听吧。"

他脸上忽然泛浮着微笑！轻轻地又拨动了他的琴弦。小兰回头望望楼上的碧箫，她憨呆地倚着栅门，等他弹完后走到林中去了，才闭门回来告诉她的小姐。

碧箫在楼头望着他去远后才回到房里，她想这个人何至于流落到求乞呢！他不能去做个琴师吗？不能用他的劳力去求一饱吗？他那种谈吐态度真是一个有知识的人，何至于缘门求乞，而且昂藏六尺之躯也不应这样践踏；也许他另有苦衷不得不如此吗？她吩咐小兰告诉厨子，以后每天都留点饭菜给他。

从此每夜更深人静时，便听见琴声在树林中回萦；朝阳照临时，他便挟着琴来到她家门口，讨那顿特赐的饱食。吃饱后他照例在槐荫下弹一曲琴，他也不去别处；但过了两三天后，这左右的农家都互相传说着，海丰镇来了个弹琴的乞丐。

两个星期后，碧箫的病已全好了，父亲和她商量回北京去。

临行的前一天，将到黄昏时候，碧箫拿了画架想到海边画一幅海上落日图。她披了一件银灰色的斗篷，携了画架颜色向海边去。走不多远已望见那苍茫的烟海，风过处海水滔滔，白浪激天，真是海天寥阔，万里无云。她捡了一块较高的沙滩把架子支起来，调好

了颜色，红霞中正捧着那一颗落日，抹画的那海天都成了灿烂的绯色，连她那苍白的面靥都照映成粉白嫣红，异常美丽。她怀着惊喜悲怆的复杂心绪很迅速的临画着；只一刹那，那云彩便慢慢淡了，渐渐褪去了鲜色又现出苍茫的碧海青天。一颗如烘的落日已沉没到海底去了，余留的一点彩霞也被白浪卷埋了，这寂寞的宇宙骤然现得十分黯淡。她掷了画笔呆呆地望着大海；她凄恋着一切，她追悼着一切，对着这浩茫的烟海，寄托她这无涯涘的清愁。

这时候她忽然听得背后有沉重的足步声，回过头看，原来是那个流浪的歌者，他挟着琴慢慢地向这里走来。这次她才看清楚他的面貌：他有三十上下年纪，虽然衣履褴褛，形容憔悴，但是还遮不住他那温雅丰度，英武精神；苍白瘦削的靥上虽流露着饥寒交迫的痛苦，那一双清澈锐利的目光，还是那样炯炯然逼人眉宇。她心里想："真风尘中的英雄。"

他走近了碧箫的画架，看见刚才她素腕描画的那一幅海上落日，他微微叹息了一声，便独自走到海岸的高处，在这暮色苍茫，海天模糊的黄昏时候，他又拨动着他那悲壮愤怨如泣如诉的琴弦。这凄凉呜咽的琴音，将他那沦落风尘，悲抑失意的情绪，已由他十指间传流到碧箫的心里。

晚风更紧了，海上卷激起如山的波浪，涛声和着忽断忽续的琴弦更觉万分悲凉！吹得碧箫鬓发散乱，衣袖轻飘，她忍不住的清泪已悄悄滴湿了她的衣襟，惨白的脸衬着银灰色的斗篷。远远看去浑疑是矗立海边的一座大理石的神像呢！是那么洁白，那么幽静，那么冷寂！

她觉得夜色已渐渐袭来，便收拾起画架，一步懒一步的缘着海岸走回来。半路上她逢见小兰提着玻璃八角灯来接。到了铁栅门口，她无意中回头一望，远远隐约有一个颀长的黑影移动着。

这一夜她的心情异常复杂，说不出的悲抑令她心臆如焚！她靠在理好的行装上期待着，期待那皎皎的月光亲吻照她；但只令她感到幽忧的搏声。黑暗的恐怖，月儿已被云影吞蚀了；去那卷着松涛的海风一阵阵吹来，令她觉得寒栗惊悸！小兰在对面床上正鼾声如雷，这可怕的黑夜并未曾惊破她憨漫的好梦。

她期待着月色，更期待着琴声，但都令她失望了；这一夜狂风怒号了整夜，森林中传来许多裂柯折枝的巨响，宇宙似乎都在毁灭着。

翌晨十时左右，碧箫正帮着父亲装箱子，小兰走进来说："有小姐一封信，我放在你桌子上了。"

她把父亲箱子收拾好后，回到自己房里果然见书桌上放着一封信，她拿起来反复看了一遍，觉这信来的奇怪，并没有邮票也没有写她的名字，只仅仅写着一个姓。她拆开来那信纸也非常粗糙，不过字却写的秀挺饱满，上面是：

　　小姐：

　　　我应该感谢上帝，他使我有机缘致书于你，借此忏悔我的一切罪恶，在我崇敬的女神之足下。我不敢奢望这残痕永映在你洁白的心版上，我只愿在你的彩笔玉腕下为我落魄人描摹一幅生命最后的图画。

　　　到现在我还疑惑我是已脱离了这恶浊的世界，另觅到一块美丽欢乐的绿洲呢！但是如今这个梦醒了，我想永随着这可爱的梦境而临去呢。原谅我，小姐，我这流浪欲狂的囚徒来惊扰你；但是我相信你是能可怜我的同情我的，所以我才敢冒昧陈词，将我这最后的热泪鲜血呈献给你！小姐，求你念他孤苦伶仃，举世无可告语，允许他把这以下种种，写出来请小姐闪动你美丽的双睛一读。

　　　我的故乡是在洛阳城外的一个大镇，祖父在前清是极有威权的武官，我家在这镇上是赫赫有名的巨族，我便产生在这雕梁画栋，高楼大厦的富贵家庭中。十八岁时我离

开了家去北京游学，那时祖父已死了，还剩有祖母父母弟妹们在浴阳原籍住着。

近数年内，兵匪遍地，战云漫天，无处不是枯骨成丘，血流漂橹；我的故乡更是蹂躏的厉害，往往铁蹄所践，皆成墟墓。三年前我那欢乐的家庭不幸变成了残害生灵的屠场，我的双亲卧在血泊中饮弹而亡，妹妹被逼坠楼脑碎，弟弟拉去随军牧马，只剩下白发衰老的祖母逃到我的乳妈家中住着，不久也惊气而亡，一门老少只余了我异乡的游子，凭吊泣悼这一幕惨剧，当时我愤恨的复仇心真愿捣碎焚毁这整个的宇宙呢！

从此我便成了天涯漂泊的孤独者，我虽竭力想探得我弱小弟弟的行踪，但迄今尚无消息，也许早已被战马的铁蹄践踏死了，在这样的环境下煎熬着、悲苦着，我更彻底的认识了这万恶的社会，这惨酷的人生，不是人类所应有。生命的幸福欢乐既都和我绝缘，但是人是为了战胜一切而生存的，我不得不振作起来另找我的生路，想在我们的力量下，改造建设一个自由的和平的为人民求福利的社会和国家。因之我毅然决然把这七尺残躯交付给我所信赖的事业，将为此奋勉直到我死的时期。

这几年中流浪于大江南北，或用笔或用枪打死了无数的敌人，热血在我腔中汹涌着，忘了自己生命上的创痕；虽然仍在惊险危急中生存，我总自诩我是一勇敢的战士。假使这样努力下去，那我们最后的成功指日可待。谁想世事往往如此，在这胜利可操的途程上，内部忽然分裂，几个月后嫉妒争夺，金钱淫欲，都渐渐腐化了我们勇武的健儿，敌方又用各种离间拉拢的手段来破坏我们的集团，从前一切值得人赞美钦佩的精神勇气，都变成人人诅咒的罪恶渊薮。我当时异常灰心，异常愤怒，便发表了一篇长文劝告这些在前敌在后方的同志，那知因此便得罪了不少的朋友，不久我便被人排挤陷害，反成了众人攻击的箭垛，妄加我许多莫明其妙的罪名。我也明知道黑幕日深，前途黯淡，这日深一日的泥泽，也不是我一人的精力所能澄清，遂抱了无语的懊丧与失望离开了他们。我无目的去了上海，那里住着我一很好的女朋友朱剑霄，我想顺便看看她。并且愿借此机会往外国再念几年书，重新来建设我信赖的事业，目下中国的时局确实太浑浊，新兴势力既为腐化所吞蚀，一时恐绝无重振的希望。

到了上海我并未寻见朱剑霄，到她寓处说她去广东了，我也毫不迟疑她怀有异心。那想到第三天我在旅馆里正弹着我新买的琴时，忽然去了许多军警把我逮捕到龙华，也未加审诉便把我下了监牢，这真是一个闷葫芦，后来有人告我是朱剑霄告发了我，说我来沪带着危险的使命，先请我在监狱中暂住几天，防我意外的暴动。

我倒是很感谢她！进了监狱后身体上虽略有痛苦，但我精神上非常舒适，初从一种忙乱嚣杂的环境里逃出，冷静寂寞的狱中反给我不少心灵上的反省和忏悔。我觉这世界为什么永远是这样污浊黑暗呢！因为人类的心太残忍冷酷了的原故吧！这几年牺牲了青年英雄多少头颅，多少热血，然而所建设的功绩依然渺如云烟。给人民争得的福利不知梦在哪里，而人民流离颠沛的痛苦，确是我们的努力所促成。我原是家破人亡的孤子，为了拯救别人才奋勇去报效从军；那知我这一番热心忠诚，反是促成破人家、亡人人的罪魁，回忆我枪炮声中所目观的惨剧，又何尝不是我心头的惨剧呢！

我并不怨恨我走的道路错了，我也绝对不怀疑我的主义事业有何足以疵议，我只可惜我们同志们的毅力太薄弱

了，抵不过恶势力的包围和腐化而亡。叹息这次失败的自然不仅是我，和我抱此澄清宇宙，再图发扬的一定还有人在，我想以后得到机会再舒伸我的未遂的壮志。因此我在狱中很安静的过了三个月。

一天夜里我忽然听见枪声连续的响，渐渐近了，我望见天空中缭绕的黑烟和火星。天将明时，我见许多囚犯都聚集在院中，狱卒也不知都哪里去了。后来我们便都破狱出来，那时已无人管看我们。枪林弹雨在夜空中横飞我挟着我的琴躲进一个小店内，等到黄昏时候我乘着混乱离开酒店，缘途求乞，一个星期后才来到海丰镇，我已精疲力竭，不得不暂时在这里休息几天。

那一夜我悄悄逃到这森林中的破庙，当时可怜我除此琴外，别无长物，孤苦伶仃，饥寒交逼，蜷伏在这颓荒的墙角，激荡着如焚的怅惘！那时我真惶悔，早知道今日这样落魄异乡，我宁愿作个永久监禁的囚徒，平安舒适的在狱中住着，不强似这漂流无定，饥寒侵凌的乞丐生活？

翌晨，我穿过松林弹着琴来到你家门口，我在树影里远远看见你伫立楼头。那时我虽领受了你的厚赐，但是我心中却充满了莫名的惭愧和羞愤。

多谢你慈善的小姐，救活了街头的饿莩。这许多天你赐给我的，我想并不是那仅仅果腹的一餐，我曾在生命的海中，踏上了青春美丽的绿洲，而你便是那指导我接引我去的女神！

今晨我在你家门口探得你将离此的消息。我似乎惊醒了一个梦，才知道自己目前的境遇，和将来的企图，该如何处置？

黄昏时来到海边，望着雪浪汹涌的大海，猛然看见生命的神光在那里闪耀，似乎唤醒我这昏醉的灵魂！我望着一团一团的浪花涌来，又化作白沫溅散在四周，刹那间冲洗尽我一这颗尘封血凝的碎心，化成了万千只自由翱翔的海鸥在水面上沉浮。海呵！海呵！你是我母亲温柔的怀抱罢！我愿永眠在这雪浪银涛之中求她的蜜吻。这纷扰的，破碎的世界有何留恋？在这枯骨战壕，血肉屠场找生命的幸福和欢乐吗？我早无望了。如今人海漂零，孑然只身，挣扎着去战斗罢，也不过是痛苦着自己的心神，去作些殃民祸国的勾当。我的主义事业也终于是空虚的幻想，愿他永远留在我的梦里。因之，我决意把这创伤的躯壳在此求死，不再向扰攘的人群中腼颜去求生。

这时却巧逢见你来海边绘画，本想冒昧过去面谢你的一切恩惠，那知道我走到面前望见你那惨白的皎颜时，又令我踌躇不前。你是那样幽淡高傲，令我凛凛然不敢侵犯，只好借琴弦来致此最后的虔诚，但万想不到你竟为我这哀酸迂回的心曲而落泪沾襟？

我不希求什么了，这宇宙间虽未曾赐给我一点安慰，但我已在这时邀得你的同情，这几滴珍贵的同情之珠泪，便可淹没埋葬我这黯淡凄凉的生命，在你那光明洁白的心海中了。

我由海边回来，觉着我须要给你一封信，叙述我的一切，让你知道；但既无笔墨，又无灯烛，阴云弥漫怕今夜更无月色。这时候我猛然想到小衫上还有一个金质的领章，这是中学时代一个最爱我的老牧师赠给我的，十年了从未一刻离开我。我就拿了它到镇上换买了纸笔蜡烛，伏在灰尘的神案上给你写这封信。

夜是这样恐怖，狂风由颓垣中袭来，几次吹熄我这萤火，摇曳似的烛光，令我沉没于可怕的黑暗。这也许便是我一生的象征吧！我闭目时看见含笑的母亲，她在张臂欢

迎着我！

　　明晨还到你家门口领那最后的一餐。不过你用惊奇的心情披读我这封信时，我已挟着我最爱的琴投向碧海中去了！

　　去了，带着人间一切的悲哀去了。再见吧小姐！原谅我的唐突，接受我的感谢，我用在天之灵替小姐祝福！

　　你不必知道我是谁？在你心里，只是一个流浪的歌者。

　　海丰镇上忽然起了一阵惊扰，这消息传布的很快，不久便到了小兰的耳中，"海边沙滩上漂浮着一个男子的尸体"。她急忙跑上楼来告诉她的小姐。

　　一推门，见碧箫伏在桌上，她跑过去扶起她的头，见她玉容惨淡，神情颓丧，苍白的脸上挂着两行清莹的珠泪。

匹马嘶风录

一

　　一切都决定了之后，黄昏时我又到葡萄园中静坐了一会，把许多往事都回忆了一番，将目前的情况也计划了一下，胸头除了梗酸外，也不觉怎样悲切。天边冉冉飘过的白云，我抬头望着她惨笑，愿残梦就这样醒来吧！

　　这小园是朝朝暮暮常来的地方，在这里也曾沉思过，也曾落泪过，然而今夜对之略无留恋之情，我心中汹涌的热血，将这些悲秋伤逝之感都湮没了。青天的云幕慢慢移去，露出了皎洁晶莹的上弦月，三五小星散落在四周，夜景清寂中，我今晚最后在这古城望月，明天这时也许已在漂泊的途程上了。

　　出了葡萄园闭上那木栅门，我又回头望了望，月儿一丝丝的银

辉，射放在一棵棵的树林里，仿佛很甜蜜的吻着，满园的花草也都沉睡在月光中，低垂着慵懒的腰肢。我不知为什么，忽然这样痴迷如醉，像饮了浓醴一般。

远远听见犬吠声时，才独自回来。屋内零乱极了，满地都是书籍和衣服，我望着它们真不知如何整理？呆呆地对灯光想了半天，才着手去收拾。先把信件旧稿整理了一下，这都是创痕，我也不忍揭视，把它们都收集在字纸篓中，拿到阶前点着火烧了，风吹着纸灰飘飞了满院，在烟气缭绕中映出件件分明的往事。把信烧完后，将这些书装在箱里，封上了号数，存在采之处。身边只剩下一个小箱，装着衣服和应用东西一块毡子放在外边。其余零星什物都堆在墙角，赏给这里的佣人们。

收拾完，已是夜里三点钟。

这次离开P城是秘密的，我谁也不让他们知道，免却许多纠缠。云生他要送我到C岛，顺路我去G城看看我的姑母。我们都是把生命付与事业的，所以云生对于我这次走又鼓励又留恋，但是我怎能不走，为了我们的工作。他和我一块儿去又不能，因为他在这里有很重要的职务，不能脱身。今天他同我在路上逢见亚芬后，他就问我："雪妹，假如你走后，我不幸在这里遇了险，你怎样呢！"我笑着说："不管你怎样，我也和亚芬对死了的天华一样。"他很黯然！我还笑着说："云哥，英雄点吧！我们事业成功后，一切的悲愁烦恼便都解决了。"

我忽然又想到碧茜，这次走前途茫茫，吉凶未卜，我和她总是多年相卸，虽然这回做的怎样斩钉斩铁，也该告诉她一声。我坐在案旁，披笺濡毫，写这封信：

碧茜：

　　这时月儿也许正抚吻着你的睡靥，在你梦中我倚装写这个短笺向你告别。想多年相知的你，对我这次走自然也许是意中事而不觉惊奇。

五年来频遭不幸，巨创深痛中，含泪挣扎走上了这最后的途程，这是我的思想在残酷的磔刑下迸散出的火花，这火花呵！虽能焚毁那万恶社会的荆棘，但不能有所建白时也能用以自焚呢！但是朋友我只有不顾一切的去了。

此后我残余的生服交给事业了。以我抛弃了这花园派小姐的生活，去向枪林弹雨中寻找一个流浪飘泊的人生。前途的黑暗惨淡我也早已料及，不过我是欢迎一切的毁灭去的，我并不畏惧那可怕的将来。当我欣然而去的时候，朋友，你也不必为我那不堪想到的命运悲哀罢！

碧茜：纸短情长，后会有期，再见呵，愿你文笔日健！

何雪樵

更柝声又响了，一声声在深夜里，令我这要远行的人听见更觉凄凉！拧熄了灯，月光照的屋里和白昼一样，我倚在行装上静静地坐着，斑驳的树影在窗上摇曳，心潮的浪花打激在我的脑海里，不禁想到自己畸零的身世。三年前父母在A城，被土匪驱逐到山洞里，在里面燃着青椒，外面封住口。活活地熏死！去年哥哥又被流弹打死在铁道旁，现在还未找到尸身，只剩了一个叔父，三四年无音信，也不知流落何处？我自恨为什么生在这乱世，从小就受着残酷的蹂躏和践踏，直到现在弄的人亡家散，天涯孤身，每一念及，令我愤恨流涕，痛不欲生。如今，我更去那远道漂泊，肩负那毁灭一切的使命去了，但是我不能挣扎时，想到自己的前尘不更觉这样挣扎是罪恶吗？

毕业后到F下城逢见云生，那时他正从海外回国，四处寻找同志，预备组织一个团体，我们经朋友的介绍便认识了。他沉静寡言秉性敏慧，文字交五载，他不仅是我的良友而且是我的严师，我遭

043

了几次的不幸，都是他竭尽心力的帮助我，安慰我。我何尝不知他迂回宛转的心曲，但是我千疮百洞的残躯，又怎忍令云生为我牺牲他前途的快乐和幸福呢！

云山弥漫中，我爱天边的虹桥，然而虹桥永不能建在地上，愿云生就是我心中的虹桥罢！我怎能说爱他。

二

昨夜倚着行装不知何时睡去，醒来窗前已露鱼白色，晨鸡喔喔地叫了，破晓的角声，从远处悲沉的吹起。我翻身起来草草梳洗后，遂到前院去寻见赵竹君，我告诉她要去G城看姑母，也许要住几天须得请人代课的话。她一一都答应了，送我到门口上了车，太阳出来，红霞弥漫树梢时我已到了车站了。云生已和采之在等着我，此外还有许多同志来送行。七时车开，采之笑着说，"云生好好地护送雪樵一程，希望雪樵常常有信给我们。"我和云生立在车窗前边和送行的人们笑说："再见。"一霎时便看不见这庄严苍老的古都，一片弥绿都是一望无际的春郊。云生坐在我的对面笑了！我问他笑什么？他说："我笑你的行色呢！"我也笑了，然而这欢笑的幕后便是悲哀，想到眼前暂聚久别的情境，又不禁泫然！

一路上云生告诉我许多的风景和他往日的生活，沿途颇不寂寞，我一点没有想到这次旅行的苦楚，和将来置生命于危险的悲戚。

到了C城下了车，云生去看他的朋友，我去看姑母，惠和表妹见我来了，喜欢的她跳出跳进的给我预备午餐，收拾房屋。我不敢向姑母说别的话，我只说有点事去C岛。姑母要我多住几天，我因为云生不能久待，所以在第二天的早晨遂乘车向C岛去。

午后到了C岛，我们住在大东旅舍，云生心里似乎极不高兴，常独自长呼！我也明知道他心中的烦恼，但是我该怎样安慰他呢！

我们终须要撒手分离的。在餐后这里的分部开会，在那里逢见从前的同学王学敬，她预备和我一块儿去A埠，这也好，省的路上寂寞。

开完会回到旅社已黄昏了，明晨云生就要回P城去，晚饭后他要我去海边玩。

C岛的街市，清静的宛如一座公园，这时正是春天，路旁的松柏都发出青翠的苞芽，柳条嫩黄的鲜艳，风过处一阵阵芬芳的草香，沁人如醉。我和云生顺路进了外国坟茔的园门，那里边苍松翠柏，花红草碧，汉白玉的塑像，大理石的墓碑，十字架，都很幽静的峙立着，这都是些异国漂泊的孤魂，战士忠勇的英灵。

我坐在石头上，云生伏在碑上，他的面色很苍白，背过脸去似乎在暗暗咽泪！我也默望松林中夕阳残照余辉沉思。这垒垒芳冢都是不相识者，我们哀悼谁呢，这只有上天知道。

出了坟茔的门向海边去，正是月圆时候，一轮皎洁的明月照的这宇宙像水晶世界，静悄悄地海边只听见低微的涛语，像夜莺哀啼，嫠妇呜咽一样的悲幽凄凉！我们缘着沙岸走，那黑影高耸，斜上去的土阜便是炮台旧址。这时海风滔滔，海雾扑扑，月光下冲激的浪花和烂银一般推涌着，一波过去，一波又来，真是苍天碧海，一望无际，我忽然觉着自己太渺小了，对着这苍茫的大海不禁微有所感。想我这孤苦伶仃，湖海漂零的弱女子，在这样地狱般的人间挣扎着，也许这里便是我二十年来最后奋斗的坟墓了，又何必到异乡建设什么事业去！云生见我这样驻足呆想，他低声问我："雪妹！你怎么了，冷吗？说着便把我的大衣递过来，我穿上后他给我扣好了扣，扶着我的肩说："不许你现在想心思，有心思明天我走了你再想吧！我们聚时无多，后会难知，在这样伟大雄壮的大海边，冷静凄悲的月夜下，我就借天上的星月当蜡烛，地上的青草当桌子，我们把带来的这瓶酒喝完。我拣这个地方来给你饯别，虽然简陋，但也还别致吧！良会难再，明天此时怕我和你已撒手分道在

天涯海角了！唉！碧海青天无限路，更知何日重逢君……"他说到这里已硬咽不能成声。风声涛语中夹着云生这悲壮的别辞，猛然抖起我心头的旧恨新愁，禁不住的倚着云生悄悄地咽泪！月儿照着这一对将离的人影，似不忍见这黯然惜别的情况，她也姗姗地躲进了云幕，宇宙顿现了灰暗之象。

夜深了，他和我又向前走了几步，拣了一块干燥点的沙岸坐下，这时云散月霁，波平浪静，云生将酒瓶打开，我把姑母昨天给我的熏鸡撕着就这样邀明月对苍海的痛饮起来。

喝了几杯后，我似乎有点醉了，我对着这无际苍茫的大海，一清如洗的明月，和云生说："云哥！我此去好像断线的风筝，也不知停栖何处？大概是风晨月夕，枪林弹雨，黄沙碧血中匹马嘶风的驰骋着！如今，我把生命完全付给事业，我现在除了自己外，举目无亲，别无系恋，像我这样的命运和遭际，我个人的幸福快乐此生是无望了，我也不再希冀什么，只求我们的事业成功罢。云哥：你也是热血的青年，忠诚的同志，我们此后便这样努力好了。目前呢，都是不如意的世界，我们不去牺牲谁去牺牲呢？你不要太儿女情长，英雄气短。我们多年好友，彼此相知，我这样畸零孤苦的境遇，蒙你鼓励劝勉才有今日，不然我早随着父母的幽灵在地下了。你看！前面是四无边际的大海，后面是崇峦如笏的高山，星光灿烂，明月皎洁，这时候这宇宙是我们统治着，这般良辰美景，我们在此叙别，又悲壮，又绮丽，你还不喜欢吗？我们的生命虽然常在风波之中，但也不见得真个后会无期。云哥！我们饮尽此杯！"我喝完时便把那个盛着半盏葡萄酒的杯子投入大海，月光下碧海中打了一个螺旋的波纹，那杯子已滴溜溜沉下去了。他勉强苦笑着道："何必呢！不过也好，就在今夜深埋在这海中罢，那杯子便算我们的坟墓。"

海风起了，海里鼓涌着的波浪渐渐冲到我们坐着的河岸上来，我和云生站起来，抬头望那一轮圆月又高又小，涛声正凄凄咽咽，似叙说我们心头的惆怅！我向云生说："回去吧！人间没有不散的筵席，只是今天的别宴太好了。这令我永不能忘。"他没有说什么话，走了几步忽然又回去，把那个酒瓶也投入大海，海面上依然起了一个水泡。

三

今天刚起来打开窗户，茶房便进来了，他手里拿着一封信道："吴先生已经走了，这封信他教我交给您。"我急忙打开来，上边写的是：

雪樵：

　　你也许要怪我不辞而别，不过请你原谅我！我不愿明天再看见你了，见了你时怕我更要比今夜还不英雄呢！我知道你现在已经睡了，但是这样明月，这样静夜，我无论如何这凄楚的心情不能宁贴，教我如何能睡。今夜海边的别宴，太悲壮了，也太哀艳了，可惜我不是诗人，不是画家，不能把那样美丽雄壮之景，缠绵婉转之情描写出。雪妹，我们离别这并不是初次，这漂浪无定的行踪，才是我们的本色，我何至于那样一说别离就怯懦呢！不过连我自己都莫明其妙，常怕你这次远道去后，我们就后会无期了。

　　学敬的哥哥敏文在C城，我已写信去了，你到了那里他自然能招呼你，这次走有学敬伴你到A埠，一路上我也可放心了。有机会我这里能脱身时，我就去找你，愿你忘掉一切的过去，努力开辟那光明灿烂的将来。谁都是现社会桎梏下的呻吟者，我们忍着耐着，叹气唉声的去了一生呢，还是积极起来粉碎这些桎梏呢！我和你都是由巨创深

痛中挣扎起来的人，因悲愤而失望，便走了消极不抵抗的路，被悲愤而激怒，来担当破坏悲哀原因的事业，就成了奋斗的人了。雪妹！你此去万里途程，力量无限，我遥远地为我敬爱的人祷祝着！

至于我，我当效忠于我的事业。我生命中是有两个世界的，一个世界是属于你的，愿把我的灵魂做你座下永禁的俘虏，另一个世界我不属于你，也不属于我自己，我只是历史使命中的一个走卒。我俩生活日在风波之中，不能安定，自然免不了两地悬念，因之我盼望你常有信来，我的行踪比你固定，你有了一定驻足处即寄信来告我。

雪妹！千言万语我不知从何处说起，也不知该如何结束。东方已现鱼肚色，晨曦也快照临了，我就此在你梦中告别吧！雪妹，"一点墨痕千点泪，看恋笺都渍般红色，数虬箭，四更彻。"这正是替我现时写照呢！再见吧，我们此后只有梦中相会！

吴云生

我看完后喉头如梗，眼泪扑簌簌的流下来，把信纸都湿透了，这时我才感到自己孤身在旅途中的悲哀！想这几年假使不是云生这样爱护我安慰我，勉励我，怕我已不能挣扎到现在。如今我离开他了，此去前途茫茫，孤身长征，怎能咽下这一路深痛的别恨。但转念一想，我既走了上这条路，那能为了儿女私情阻碍我的前途，我提起了理智的慧剑斩断了这缠绵惜别的情丝。

吃完早点，我给云生写了封信。正预备出门时学敬来了，她说船票已都买好，明天上午八时开船，她的事情都办清楚了，让我今天就到她家去，明天一块儿上船。

翌晨八时，我已和学敬上了船。船开后她有点晕船，我还能挣扎着，睡在床上看小说。黄昏时我到船头上看海中的落日，和玛瑙球一样，照的船栏和人间都一色绯红。我默倚着船栏看那船头涌起的浪花，落下便散作白沫，霎时白沫也归于无处寻觅。我旁边站着一个老人须发苍白，看去约有七十多岁了，我看他时他似乎觉着了，抬起头来和我笑了笑！问我去那里，我告诉他去A埠，后来我就和他攀谈起来，他姓王，和小孩一样处处喜欢发问，并且很高兴的告我他过去四十年经商的阅略。他的见解很年青，绝不像个老年人，而且他很爱国，他愿看到有一日中国的旗插在香港山巅上。这更是一般主张无抵抗主义——投降主义的学者们所望尘莫及了。

回到舱内，学敬睡着了，隔壁有人在唱，我心情也十分凄楚不能睡着，回想一切真如春梦，遗留在我心底的只是浅浅的痕迹，和水泡起灭一样的虚幻，什么人生的折磨，事业的浮沉，谁是成功，谁是失败，都如波浪、水泡一样，渺茫如梦。这时风起了，波浪涌击着舱窗，又扑的一声落下，飞溅起无数的银花，船更颠簸了，这宛如我的生命之海呢！

远远我似乎听见云哥唱歌的声音，声音近了，我看见云哥走近我的床来，我张手去迎他，忽然见他鲜血满身！我吓的叫了一声，惊醒后那里有云哥的影子，想想才知是梦。但是这梦太可怕了，我的心凉颤着！我跪在床上祷告！上帝！愿你保佑他，我惟一的生命之魂影！

我伏在床上哭了！这一只大船，黑夜里正在波涛中冲冲挣扎着前进！

四

到了A埠，见着敏文，是学敬的二哥，他领我到他家去住，许多旧友都来看我，他们见我能这样抛弃了旧日安乐的生活，投向这个环境中来，自然都异常欢迎！在他们这种热烈的空气中，我才懊悔来晚了。一切的烦恼桎梏都落在我的足下，我的勇气真能匹马单

骑沙场杀敌！

在这里又逢见三年未见的琦如，他预备和我去C城。第三日我们遂离A埠。海道走了三天，琦如和我谈这几年漂泊的生活，人生的变化，在路上还不寂寞。到了C城，这里正是战区，军队已开走了，三四天内还要出发大队。我和琦如见了学敬的大哥敏慧，他说云生来信他已收到了，问我愿意在那部做工作，我说要去前敌，他说去前敌就是宣传队和红十字会救护队，救护要有点医学研究的才能去呢！我道："做看护还可以，我们因为五卅事件发生后，学校里曾组织过救护班，而且我们还到过医院实习过。缚缚绷布总能会呢！"他们都笑了！

第二天敏慧同我到医院找王怀馨，她是日本毕业的，回国后便在C城服务，在东京时和云生他们都认识。她颀长的身腰，凤眼柳眉，穿着军装，站在我面前真是英气凛然，令人起敬！她告我说，救护队分两种，一种是留在C城医院救济运回的伤兵，一种是随军临时救护，问我愿意那一种。我说去从军。她道："那更好了，这次出发一共去一百人，你就准备吧！队长是黄梦兰，她从前在P城念书，也许你们认识的，我令人请她来介绍一下。"一会工夫梦兰来了，似曾相识，她握着我手说："欢迎我们的新同志。"我们都笑了！

在这里住了三天，一切都准备好了，我早已换上军装，她们都说是很漂亮呢！明天就出发，这时我们真热闹，领干粮，领雨衣，领手枪，领子弹，其余便是我们的药品袋和救护器具。

到夜里她们都睡了，我给云生写了封长信，告诉他昨天我就出发的消息，和我近来的生活，别的话都没敢写，我让他写信时寄C城王怀馨转我。到了这里不知为什么，心中一切的烦恼都消失了，只是热血沸腾着想到前线去，尝尝这沙场歼敌是什么滋味？

天还黑着我们就起来了，结束停当后我们先到集合场去，这时晨雾微起，四周的景物都有点模糊，房屋树林都隐约的藏在黎明的

淡雾下。等到七点钟集合号响了，这时公共运动场上一排一排的集合了有三万多人，军乐悠扬中，我们出动了，街市上两旁都是欢迎我们的群众，当我们武装的救护队宣传队过去时，妇女们都高声的呐喊着，我们都挺着胸微笑了！火车开动时敏慧来看我，他又给了我一件工作，令我写点战场上的杂感给他编辑的《前锋周刊》。我和冯君毅坐在车窗边，他告我P城的消息很紧，云生久无信来，我真念他呢！

车道旁碧水长堤，稻田菜圃，一点都没有战云黯淡的情景，这样锦绣的山河，为什么一定要弄的乌烟瘴气，炮火弥漫呢！但是我们的军队是民众的慈航，为了歼灭和打倒民众之敌，我们不得不背起枪来。午餐便是随身带的干粮，不知为什么，我们大家吃起来，都觉着十分香甜。这一车的同志们，英武活泼，看起来最低限的程度也是高小毕业，又都是志愿从军，经过训练的，自然较比那些用一个招兵旗帜拉来的无知识的丘八，不啻天渊之别；这样的军队不打胜仗我真不信呢！

第二天傍晚到了F镇，景象非常之惨淡，据云匪军刚刚退去，我们的前线在这里的已有五千人。下了火车我们整齐队伍走到龙王庙，一路的男女老少都出来看我们，而且惊奇的都低低的互相传说："还有女兵呢！"在他们无恐怖的面色上，我知道我们军队是和人民一体的。

到了龙王庙我们可以休息了，其余的军队是驻扎在附近的兵营里。我把身上的累赘东西放下后，就拉了梦兰到后边去看，走到殿上忽然看见神座下放着三四副棺材。梦兰走进去，她忽然叫起来，她告我说："有一个棺材板正蠕动呢！"我走近了看时，原来棺板未钉，外面还露着灰布的衣角。也许是听见我们说话的声音了，棺材内有微微喘息的声气，梦兰说："一定还没有死呢！我去叫人去打开看看。"我在殿上等着，少时她带了二个粗使的人来，让他们揭起棺板，里面原来选放着两个死兵，上边的这一个脸伏在底下

051

那个的肋间。把他提出来翻了个身，果然是个活人，面色虽苍白如纸，但还有呼吸！底下那个已死了，梦兰教他们重新把棺板钉好，一齐连那几副棺都抬出去找个空地掩埋了。把那个未死的伤兵抬到前面去。给他灌了点药，检查后，他的伤在腰部，子弹还未拿出呢！于是我们设法取出加以医治。

在我军攻击F镇时，敌军伤兵太多，因无人救护就都活着掩埋了。这有棺材装着的大概还是官长吧！

翌晨黎明我们骑着马到离F镇三十里的T庄去，这一带便是前几天的战场，树木枝柯，被炮打击的七零八落，田中禾苗都践踏成平地，邻近乡村的房屋，十室九空，被流弹穿了许多焦洞，残垣断桥间，新添了许多凸起的新土，这都是无定河边骨，深闺梦里人。五年前我的故乡，我的家园，何尝不是这样的蹂躏，在炮火声中把我多年卧病在床的祖母惊吓死！谁能料到呢！当年那样娇柔屡弱的小姐，如今也居然负枪荷弹，匹马嘶风驰驱于战场之上，来凭吊这残余的劫后呢！

在马上我又想起云生，假使他这时和我鸾铃并骑，双枪杀敌，这是多么勇武而痛快的事。如今别来将及一月了，还未见他一字寄来，我心惊颤极了，他在P城好像在虎狼齿缝间求生活，危险时时就在眼前！

正午时前线有消息来，说敌军败溃B山，T庄全在我军手里了。那时我正给一个伤兵敷药，听见后他抬起头来和我笑了笑，表示他牺牲的光荣。

五

今天下午我们便去T庄驻防，缘途情状惨极了，黄沙碧血，横尸遍野，田畔的道路上，满弃着灰色制服，破草鞋，水壶，饭盒，狼藉黯淡真不忍睹。到了那里他们已给我们找好地点，军队在野外扎着帐篷。宣传队男男女女正在街市上讲演呢。

　　黄昏时我约了文惠骑着马去街市上看看，走到一家门口，忽然看见一堆人正在院里围着哭呢，喜动的文惠下了马跑进去看，我也只好随她进去，他们见我们追来，都不哭了，但还在抽咽着！文惠问："你们哭什么？我们的军队来嘈扰你们吗？"一个老婆婆过来，擦眼抹泪的说："告诉你们也不要紧，唉！我们都是女人。我的两个女儿死了，不是好死的，是那可杀的土匪兵昨天弄死的。一个出嫁了，怀着七个月身孕，一个还未出嫁呢，才十二岁，刚才埋殡了，这时大女婿来了，我们说起来伤心的哭呢！"

　　我们听了自然除了愤恨这残暴的兽行外，只好安慰这老婆婆几句。她见我们这情形慈悲，又抽咽着说："你们要早来一步，就救了她们了。这时已晚了。"这是什么世界，想当初我父母和哥哥的惨死，也都是这些土匪兵害的，恶魔们为了争地盘闹意见，雇上这般豺狼不如的动物四处去蹂躏残害老百姓，把个中国弄的阴森惨淡连地狱都不如。

　　辞别了那伤心流泪的老婆婆，我们到征收局去看冯君毅，到了办公处见他们几个人都垂头丧气默无一言的坐着，顽皮的文惠说："打了胜仗还不高兴，愁眉苦眼的干吗？"君毅叹了口气说："这比败十几个仗的损失都大呢，真是我们的厄运。"我莫明其妙的问："到底是什么事，这样吞吞吐吐？"君毅说："敏慧刚才由C城来一密电，说P城的同志都被捕了，三天之内将三十余人都绞死了！""云生和采之呢？"我很急的问。他不说话了，只是低着头垂泪！我已经知道这不幸的噩耗终于来了！云生大概已成了断头台畔的英雄，但是我还在日夜祷祝盼望他的信呢！我觉的眼前忽然有许多金星向四边进散，顿时，全宇宙都黑了，我的血都奔涌向脑海，我已冥然地失了知觉！

　　睁开眼醒来时，文惠和君毅、梦兰都站在我面前，我的身子是躺在办公处的沙发上，我勉强坐起来，君毅说："雪樵！你自己

要保重，又在军旅中一切都不方便，着急坏了怎么好，这样热的天气。这种事是不得已的牺牲，我们自然不愿他们死，他们的死，就是我们组织细胞的死。不过到不得不死时，我们也不能因为他们死就伤心颓毁起自己来。你不要太悲痛吧！雪樵，我们努力现在，总有一天大报了仇，这才是他们先亡烈士希望于我们未死者的事业呢！你千万听我的话。"梦兰和文惠也都含着泪劝我。我硬着心肠挣扎起来，一点都不露什么悲怆，我的脑筋也完全停滞了思想，只觉身子很轻，心很空洞。这时把我一腔热血，万里雄心马上都冰冷了！刚由巨创深痛中挣扎起来，我也想从此开辟一个境地，重新建筑起我的生命，那知我刚跨上马走了几步就又陷入这无底的深洞！云哥！我只有沉没了，我只有沉没下去。

君毅们见我默默无言的坐着，知我心中凄酸已极！文惠她们和我回到宿处后，又劝了我一顿，我只低着头静听，连我自己都不知为什么这样恍惚，想到云生的死只是将信将疑。

晚餐时她们都去了大厅，我推说头痛睡在床上。等她们走了，我悄悄起来，背上我的枪，拿上我的日记，由走廊转到后院，马槽中牵了我那小白马。从后门出来。这时将近黄昏，景物非常模糊，夕阳懒懒地放射着最小的余辉，十分默淡。我跨上马顺着大道跑去，凉风吹面，柳丝拂鬓，迎面一颗赤日烘托着晚霞暮蔼，由松林中慢慢地落下，我望着彩云四散，日落深山，更觉惆怅！这和我的希望一样，我如今孤身单骑，仿惶哀泣，荒林古道已是日暮穷途。

我也不知去哪里，只任马跑去，一直跑的苍茫的云幕中，露出了一弯明月，马才停在一个村店的门口。看着小白马已跑得浑身是汗，张着嘴嘶喘！我也觉着口渴，下了马走进村店去，月光下见席篷下的板凳上坐着一个老者，正在打盹呢。我走近去唤醒他，他睁眼看见我这样子，吓的他站直了不敢动。我道："我是过路的，请你老给点水喝，并饮饮我的马。"他急忙说："那可以，那可以，请军爷坐下等一等。" 回身到里面去了，不一会出来一个十二三岁的小孩提着水壶，拔着鞋揉着眼，似乎刚醒来的样子。我也不管干净与否，拿起那黄瓷加喝了一碗。那老者手里执着个油灯出来，把灯放在石桌上回头又叫"三儿，你把马饮饮去！"三儿遂把马牵到水槽傍去。我由身上掏了一张票子给他，也不知是多少，我说："谢谢你老，这是茶钱。"翻身上马又顺着大道下去。

这时才如梦醒来，想到自己的疯狂和无聊。但这一气跑我心中似乎痛快，把我说不出来的苦痛烦恼都跑散了！这时我假如能有暴风在右手，洪水在左手，我一定一手用暴风吹破天上的暗云，一手将洪水冲去地上的恶魔！那时才解消我心头抑压的愤怒！

夜已深了，天空中星繁月冷，夜风凄寒，这仿佛一月前海边的情景又到眼底，怎忍想呢！云哥已是绞台上的英魂了，这时飘飘荡荡魂在何处呢！沉思着我的马又停住了，抬头看，原来一条大河横在眼前，在月下闪闪发着银光，静悄悄地只有深林幽啸，河水呜咽。我下了马，把它拴在一棵白杨上，我站在它旁边呆呆地望着河水出神。

后来我仰头向天惨笑了一声！把我的手枪握在右手，对着我的脑门扳着机。冷铁触着我时，浑身忽然打了一个寒噤，理智命令我的手软下来了。"我不能这样死，至少我也要打死几个敌人我再死！这样消极者的自杀，是我的耻辱，假使我现在这样死了便该早死，何必又跑到这里来从军呢！我要挣扎起来干！给我惨死的云哥报仇！"我想如今最好乘这里深夜荒野，四无人烟，前是大河，后是森林，痛痛快快的哭哭云哥，此后我永不流泪了！我也再无泪可流。"露寒今夜无人问"，我只有自己挣扎了。拾起地下的手枪，解开我的马，我想归去罢！它似乎知道我的心思，走到我身边抬起头来望着我，我一腔悲酸涌上心头，不由的抱住它痛哭起来！

蕙娟的一封信

　　你万想不到，我已决定了走这条路，信收到时我已在海天渺茫的路程中了，这未卜前途的摸索，自然充满了危险和艰苦，但是我不能不走这条路。玲弟！我的境遇太惨苦了！你望着我这渐泥于黑暗的后影也觉得黯然吗？

　　请你转告姑母，我已走，就这样悄悄地走了。你们不必怀念，任我去吧！我希望你们都忘掉我和我死了一样，因为假如忆到我，这不祥多难的身世徒令人不欢——我愿我自己承受上躲到天之一角去，不愿让亲爱我的人介怀着这黯淡的一切而惆怅！

　　来到这里本是想排解我的忧愁，但孰料结果又是这样惨淡！无意中又演了一幕悲剧。玲弟：我真不知世界为什么这样小，总捉弄着我，使我处处受窘。人间多少事太偶然了，偶然这样，偶然那样；结果又是这般同样的方式，为什么人的能力灵感不能挣脱斩断这密布的网罗呢！我这次虽然逃脱，但前途依然有的是陷阱网罗，何处不是弋人和埋伏呢！玲弟！我该怎样解脱我才好？这世界太小了。

这次走，素君完全不知道。现在他一定正在悲苦中，希望你能替我安慰劝解他，他前程远大，不要留恋着我明知识应当是感性直观和抽象思维的辩证统一，但由于先验，耽误他的努力。他希望于我的，希望于这世界的，虽然很小，但是绝对的不可能，你知道我现在——一直到死的心，是永不能转移的。他也很清楚，但是他沉溺了又不能自由意志的振拔自己，这真令我抱歉悲苦到万分。我这玩弄人间的心太狠毒了，但是我不能不忍再去捉弄素君，我忏悔着罪恶的时候，我又那能重履罪恶呢！天呵！让我隐没于山林中吧！让我独居于海滨吧！我不能再游于这扰攘的人寰了。

素君喜欢听我的诗歌，我愿从此搁笔不再做那些悲苦欲泣的哀调以引他的同情。素君喜欢读我过去记录，我愿从此不再提到往事前尘以动他的感慨。素君喜欢听我抚琴，我愿从此不再向他弹琴以乱他的心曲。素君喜欢我的行止丰韵，我愿此后不再见他以表示绝决。玲弟！我已走了，你们升天入地怕也觅不到我的踪迹，我是向远远地天之角地之涯独自漂流去了。不必虑到什么，也许不久就毁灭了这躯壳呢！那时我可以释去此生的罪戾，很清洁光明的去见上帝。

姑母的小套间内储存着一只大皮箱，上面有我的封条。我屋里中间桌上抽屉内有钥匙，请你开开，那里边就是我的一生，我一生的痕迹都在那里。你像看戏或者读小说一样检收我那些遗物，你不必难受。有些东西也不要让姑母表妹她们知道，我希望你能知道我了解我，我不愿使不了解不知道我的人妄加品评。那些东西都是分别束缚着。你不是快放暑假了吗？你在闲暇时不妨解开看看，你可以完全了解我这苦悲的境界和一切偶然的捉弄，一直逼我到我离开这世界。这些都是刺伤我的毒箭，上边都沾着我淋漓的血痕，和粉碎的心瓣。

唉！让我追忆一下吧！小时候，姑父说蕙儿太聪慧了，怕没有什么福气，她的神韵也太清峭了。父亲笑道：我不喜欢一个女孩儿生得笨蠢如牛，一窍不通。那时大家都笑了和个人发展的畸形状态。认为由于现代发达的工业社会在物，我也笑了！如今才知道自己的命运，已早由姑父鉴定了；我很希望黄泉下的姑父能知道如今流落无归到处荆棘的蕙儿。而一援手指示她一条光明超脱的路境以自救并以救人哩！

不说闲话吧！你如觉这些东西可以给素君看时，不妨让他看看。他如果看完我那些日记和书信，他一定能了然他自己的命运，不是我过分的薄情，而是他自己的际遇使然了。这样可以减轻我许多罪恶，也可以表示我是怎样的一个女子，不然怕诅咒我的人连你们也要在内呢！如果素君对于我这次走不能谅解时，你还是不必让他再伤心看这些悲惨的遗物，最好你多寻点证据来证明我是怎样一个堕落无聊自努力的女子，叫他把我给他那点稀薄的印象完全毁灭掉才好，皮箱内有几件好玩具珍贵的东西，你最好替我分散给表姊妹们。但是素君，你千万不能把我的东西给他，你能原谅我这番心才对，我是完全想用一个消极的方法来毁灭了我在他的心境内的。

皮箱上边？内有一个银行存款折子，我这里边的钱是留给母亲的一点礼物，你可以代收存着；过一两个月，你用我名义写一封信汇一些钱去给母亲，一直到款子完了再说，那时这世界也许已变过了。这件事比什么都重要，你一定要念我的可怜，念我的孤苦，念我母亲的遭遇，替我办到这很重要的事。另有一笔款子，那是特别给文哥修理坟墓用的。今年春天清明节我已重新给文哥种植了许多松树，我最后去时，已葱茏勃然大有生气，我是希望这一生的血泪来培植这几株树的，但是连这点微小的希望环境都不允许我呢！我走后，他墓头将永永远远的寂寞了，永永远远再看不见缟素衣裳的女郎来挥泪来献花了，将永永远远不能再到那湖滨那土丘看晚霞和春蔼了。秋林枫叶，冬郊寒雪。芦苇花开，稻香弥漫时，只剩了孤寂无人凭吊的墓了，这也许是永永远远的寂寞泯灭吧！以后谁还知道这块黄土下埋着谁呢？更有谁想到我的下落，已和文哥隔离了千万里呢！

深山村居的老母，此后孤凄仃伶的生活，真不堪设想，暮年晚景伤心如此，这都是我重重不孝的女儿造成的，事已到此，夫复何言。黄泉深埋的文哥，此后异乡孤魂，谁来扫祭？这孤冢石碑，环墓朽树，谁来灌浇？也许没有几年就冢平碑倒，树枯骨暴呢！我也只好尽我的力量来保存他，因此又要劳你照拂一下，这笔款子就是预备给他修饰用的。玲弟！我不敢说我怎样对你好，但是我知道你是这世界上能够了解我，可怜我，同情我的一个人。这些麻烦的未了之件也只有你可以托付了。我用全生命来感谢你的盛意，玲弟！你允许我这最后的请求吗？

这世界上。事业我是无望了，什么事业我都做过，但什么都归失败了。这失败不是我的不努力而是环境的恶劣使然。名誉我也无望了。什么虚荣的名誉我都得到了，结果还是空虚的粉饰。而且牺牲了无数真诚的精神和宝贵的光阴去博那不值一哂的虚荣，如今，我还是依然故我，徒害得心身俱碎。我悔，悔我为了一时虚名博得终身的怨愤。有一个时期我也曾做过英雄梦，想轰轰烈烈，掀天踏海的闹一幕悲壮武剧。结果，我还未入梦，而多少英雄都在梦中死了，也有侥幸逃出了梦而惊醒的，原来也是一出趣剧，和我自己心里理想的事迹绝不是一件事，相去有万万里，而这万万里又是黑黯崎岖的险途，光明还是在九霄云外。

有时自己骗自己说：不要分析，不要深究，不要清楚，昏昏沉沉糊涂混日子吧！因此奔波匆忙，微笑着，敷衍着，玩弄面具，掉换枪花，当时未尝不觉圆满光彩。但是你一沉思凝想，才会感觉到灵魂上的尘土封锁创痕斑驳的痛苦，能令你鄙弃自己，痛悔所为，而想跃入苍海一洗这重重的污痕和尘土呢！这时候，怎样富贵荣华的物质供奉，那都不能安慰这灵魂高洁纯真的需要。这痛苦，深夜

梦醒，独自沉思忏悔着时：玲弟！我不知应该怎样毁灭这世界和自己？

社会——我也大略认识了。人类——我也依稀会晤了。不幸的很，我都觉那些一律无讳言吧，罪恶，虚伪的窝薮和趣剧表演的舞台而已。虽然不少真诚忠实的朋友，可以令我感到人世的安慰和乐趣势有机地结合起来，提出以"法"为核心的法治理论。但这些同情好意，也许有时一样同为罪恶，揭开面具还是侵夺霸占，自利自私而已。这世界上什么是值得我留恋的事，可以说如今都在毁灭之列了。

这样在人间世上，没有一样东西能系连着继续着我生命的活跃，我觉这是一件最痛苦的事。不过我还希望上帝能给我一小点自由能让我灵魂静静地蜷伏着，不要外界的闲杂来扰乱我；有这点自由我也许可以混下去，混下去和人类自然生存着，自然死亡着一样。这三年中的生活，我就是秉此心志延长下来的。我自己又幻想任一个心灵上的信仰寄托我的情趣，那就是文哥的墓地和他在天的灵魂，我想就这样百年如一日过去。谁会想到，偶然中又有素君来破坏捣乱我这残余的自由和生活，使我躲避到不能不离开母亲，和文哥而奔我渺茫不知栖止的前程。

都是在人间不可避免的，我想避免只好另觅道路了。但是那样乱哄哄内争外患的中国，什么地方能让我避免呢！回去山里伴母亲度这残生，也是一个良策，但是我的家乡正在枪林弹雨下横扫着，我又怎能归去，绕道回去，这行路难一段，怕我就没有勇气再扎挣奋斗了，我只恨生在如此时代之中国，如此时代之社会，如此环境中之自我；除此外．我不能再说什么了。

珍弟！这是蕙姊最后的申诉，也是我最后向人间忏悔的记录，你能用文学家的眼光鉴明时，这也许是偶然心灵的组合，人生皆假，何须认真，心情阴晴不定，人事变化难测，也许这只是一封信而已。

姑母前替我问好，告诉她我去南洋群岛一个华侨合资集办的电影公司，去做悲剧明星去了。素君问到时，也可以告诉他说蕙姊到上海后已和一个富翁结婚，现在正在西湖度蜜月呢。

一九二八，五，二九，花神殿。

惆 怅

先在上帝面前，忏悔这如焚的惆怅！

朋友！我就这样称呼你吧。当我第一次在酒楼上逢见你时，我便埋怨命运的欺弄我了。我虽不认识你是谁？我也不要知道你是谁？但我们偶然的遇合，使我在你清澈聪慧的眼里，发现了我久隐胸头的幻影，在你炯炯目光中重新看见了那个捣碎我一切的故人。自从那天你由我身畔经过，自从你一度惊异的注视我之后，我平静冷寂的心波为你汹涌了。朋友！愿你慈悲点远离开我，愿你允许我不再见你，为了你的丰韵，你的眼辉，处处都能撼的我动魄惊心！

这样凄零如焚的心境里，我在这酒店内成了个奇异的来客，这也许就是你怀疑我追究我的缘故吧？为了躲避过去梦影之纠缠，我想不再看见你，但是每次独自踽踽林中归来后，望着故人的遗像，又愿马上看见你，如观黄泉下久矣沉寂消游的音容。因此我才强咽着泪，来到这酒店内狂饮，来到这跳舞厅上跹蹁。明知道这是更深更深的痛苦，不过我不能自禁的沉没了。

　　你也感到惊奇吗？每天屋角的桌子上，我执着玛瑙杯狂饮，饮醉后我又踱到舞场上去歌舞，一直到灯暗人散，歌暗舞乱，才抱着惆怅和疲倦归来。这自然不是安放心灵的静境，但我为了你，天天来到这里饮一瓶上等的白兰地，希望醉极了能毒死我呢！不过依然是清醒过来了。近来，你似乎感到我的行为奇特吧！你伴着别人跳舞时，目光时时在望着我，想仔细探索我是什么人？怀着什么样心情来到这里痛饮狂舞？唉！这终于是个谜，除了我这一套朴素衣裙苍白容颜外，怕你不能再多知道一点我的心情和形踪吧？

　　记得那一夜，我独自在游廊上望月沉思：你悄悄立在我身后，当我回到沙发上时，你低着头叹息了一声就走过去了。真值得我注意，这一声哀惨的叹息深入了我的心灵，在如此嘈杂喧嚷，金迷纸醉的地方，无意中会遇见心的创伤的同情。这时音乐正奏着最后的哀调，呜呜咽咽像夜莺悲啼，孤猿长啸，我振了振舞衣，想推门进去参加那欢乐的表演；但哀婉的音乐令我不能自持，后来泪已扑簌簌落满衣襟，我感到极度的痛苦，就是这样热闹的环境中愈衬出我心境的荒凉冷寂。这种回肠荡气的心情，你是注意到了，我走进了大厅时，偷眼看见你在呆呆地望着我，脸上的颜色也十分惨淡；难道说你也是天涯沦落的伤心人吗？不过你的天真烂漫，憨娇活泼的精神，谁信你是人间苦痛中扎挣着的人呢？朋友！我自然祝福你不是那样。更愿你不必注意到我，我只是一个散洒悲哀，布施痛苦的人，在这世界上我无力再承受任何人的同情和怜恤了。我虽希望改换我的环境，忘掉一切，舍弃一切，埋葬一切，但是新的境遇里有时也会回到旧的梦里。依然不能摆脱，件件分明的往事，照样映演着揉碎我的心灵。我已明白了，这是一直和我灵魂殉葬入墓的礼物！

　　写到这里我心烦乱极了，我倒在床上休息一会再往下写吧！

　　这封信未写完我就病了。

朋友！这时我重提起笔来的心情已完全和上边不同了。是忏悔，也是觉悟，我心灵的怒马奔放到前段深潭的山崖时，也该收住了，再前去只有不堪形容的沉落，陷埋了我自己，同时也连累你，我那能这样傻呢！

那天我太醉了，不知不觉晕倒在酒楼上，醒来后睁开眼我睡在软榻上，猛抬头便看你温柔含情的目光，你低低和我说：

"小姐！觉着好点吗？你先喝点解酒的汤。"

我不能拒绝你的好意，我在你手里喝了两口桔子汤，心头清醒了许多，忽然感到不安，便扎挣的坐起来想要走。你忧郁而诚恳的说：

"你能否允许我驾车送你回去么？请你告诉我住在那里？"我拂然的拒绝了你。心中虽然是说不尽的感谢，但我的理智诏示我应该远避你的殷勤，所以我便勉强起身，默无一语的下楼来。店主人招呼我上车时，我还看见你远远站在楼台上望我。唉！朋友！我悔不该来这地方，又留下一个凄惨的回忆；而且给你如此深沉的怀疑和痛苦，我知道忏悔了愿，你忘记我们的遇合并且原谅我难言的哀怀吧！

从前为了你来到这里，如今又为了你离开。我已决定不再住下去了，三天内即航海到南洋一带度漂流的生涯，那里的朋友曾特请去同他们合伙演电影，我自己也很有兴趣，如今又有一个希望在诱惑我做一个悲剧的明星呢！这个事业也许能发挥我满腔凄酸，并给你一个再见我的机会。

今天又到酒店去看你，我独隐帷幕后，灯光辉煌，人影散乱中，看见你穿一件翡翠色的衣服，坐在音乐台畔的沙发上吸着雪茄沉思，朋友！我那时心中痛苦万分，很想揭开幕去向你告别，但是我不能。只有咽着泪默望你说了声：

"朋友！再见。一切命运的安排，原谅我这是偶然。"

石评梅

小说精品

【第二辑】

噩梦中的扮演

　　我流浪在人世间，曾度过几个沉醉的时代，有时我沉醉于恋爱，恋爱死亡之后，我又沉醉于酸泪的回忆，回忆疲倦后，我又沉醉于毒酒，毒酒清醒之后，我又走进了金迷沉醉五光十色的滑稽舞台。近来我整天偷工夫到这里歌舞欢呼，终宵达旦而无倦态。

　　我用粉红的绸纱，遮住我遍体的创痕，用脂粉涂盖住我苍白面庞，我旋转在狂热的浪漫的舞台上，被各种含有毒汁生有荆棘的花朵包围着。我是尽兴地歌，尽兴地舞！毫无忌惮，各种赞颂我毁谤我的恶魔在台下做各种鬼脸。他们看着我，我也看着他们。

　　如今：我任一切远方怀念我的朋友暗地里挥泪，我任故乡的老母替我终身伤感。但，我是不再向这人间流半滴泪了，我只玩弄着万物，也让万物玩弄着我这样过去，浑浑噩噩无所知觉地过去。我还说什么呢？我整天混迹在人海中、扰扰攘攘都是些假面具，喧哗嚣杂都是些留声机，说什么，说向谁去？想到这里时，我就披上那件忘忧的舞衣到剧场去了，爽性我自己就来一个虚伪的角色，妃色的氛围中遮掩了我这黑色的尸身，把一切灵感回忆都殡埋于此。这是我的一种新发现，使我暂时晕绝的麻醉剂。上帝！我该向你再祈求什么呢？除此而外？

灯光暗淡，人影散乱时，我独自从魔鬼狂呼声中逃到清冷的街头：那一带寒林，那一弯残月，那巍然插上云霄的剧场，像一个伟大的狮王，蹲着张开那血盆的巨口预备噬人。这刹那间我清醒了！我身体渐渐冷得发抖，我不知那里面暖融融是梦，这外面还冷清清是梦？这时我瞪着眼嚼着唇在寒林下飞奔回来，立在那面衣镜前，看见一个披发苍白寒缩战颤的女郎时，我不能认识了；那红绒毡上，灯光照耀着的美丽的高贵的庄严的神采，不知何处去了。

我对镜凝视后，便颓然倒在地上。这时耳畔隐隐有低呼我名字的声音，我便在这种幻想的声音中睡去。半夜里我会抱着桌子腿唤着母亲醒来，有时我梦见我的灵魂之影来了，扑过去会碰在板壁上哽咽着醒来！总之，我是有点不能安定的心灵了。翌晨，我依然又披上舞衣，涂上脂粉，作出种种媚人娇态，发出种种醉人的清音，来扮演种种的活剧，这时我把自己已遗失了，只是一副辗转因人的尸体。

我本是几个朋友拯救起来的一个自甘沦落的女子，那时我从极度伤心中扎挣起来也含有不少的希望：希望我成一个悲剧的主人翁，希望成一个浪漫的诗人，希望成一个小说家，更希望成一个革命先驱，或政治首领。东西南北漂游归来，梦都做过了，都不能满足我，都不能令我离开苦痛；最后才决定做戏子，扮演滑稽剧给滑稽的人们看着寻开心。

有几次我正在清歌妙舞逸兴遄飞时，忽然台下露出几个熟悉的面孔，他们虽不识我本来面目，不过我看见他们却引起我满腔悲愁，结果我没有等闭幕便晕倒在琴台旁了！以后我的含忍力强了，看见了他们也毫不动心，半年后我简直也不识他们了。我恐怖过去

的梦影来扰我，我希望我的环境中都是些不相识的，新来的观众！

上帝！愿你有一天能告诉我的母亲和系念我的朋友们说："我已找到我的墓在我愿意殡埋的那个地方了。"

毒　蛇

　　谁也不相信我能这样扮演：在兴高采烈时，我的心忽然颤抖起来，觉着这样游戏人间的态度，一定是冷酷漠然的心鄙视讪讽的。想到这里遍体感觉着凄凉如冰刚才那种热烈的兴趣都被寒风吹去了。回忆三月来，我沉醉在晶莹的冰场上，有时真能忘掉这世界和自己，目前一切都充满了快乐和幸福。那灯光人影，眼波笑涡，处处含蓄着神妙的美和爱，这真是值得赞颂的一幕扮演呢！

　　如今完了，一切的梦随着冰消融了。

　　最后一次来别冰场时，我是咽着泪的；这无情无知的柱竿席棚都令我万分留恋。这时凄绝的心情，伴着悲婉的乐声，我的腿忽然麻木酸痛，无论怎样也振作不起往日的豪兴了。正在沉思时，有人告诉我说："琪如来了，你还不去接她，正在找你呢！"我半喜半怨地说："在家里坐不住，心想还是来和冰场叙叙别好，你若不欢迎，我这就走。"她笑着提了冰鞋进了更衣室。

琪如是我新近在冰场上认识的朋友，她那种活泼天真，玲珑美丽的丰神，真是能令千万人沉醉。当第一次她走进冰场时，我就很注意她，她穿了一件杏黄色的绳衣，法兰绒的米色方格裙子，一套很鲜艳的衣服因为配合得调和，更觉十分的称体，不仅我呵，记得当时许多人都曾经停步凝注着这黄衣女郎呢。这个印象一直现在还能很清楚地忆念到。

星期二有音乐的一天，我和浚从东华门背着冰鞋走向冰场；途中她才告诉我黄衣女郎是谁？知道后陡然增加了我无限的哀愁。原来这位女郎便是三年前逼凌心投海、子青离婚的那个很厉害的女人，想不到她又来到这里来了。我和浚都很有意地相向一笑！

在更衣室换鞋时，音乐慷慨激昂，幽抑宛转的声音，令我的手抖颤得连鞋带都系不紧了。浚也如此，她回头向我说："我心跳呢！这音乐为什么这样动人？"

我转脸正要答她的话，琪如揭帘进来，穿着一件淡碧色的外衣，四周白兔皮，襟头上插着一朵白玫瑰，清雅中的鲜丽，更显得她浓淡总相宜了。我轻轻推了浚一下，她望我笑了笑，我们彼此都会意。第二次音乐奏起时，我和浚已翩翩然踏上冰场了，不知怎样我总是望着更衣室的门帘。不多一会，琪如出来了，像只白鸽子，浑身都是雪白，更衬得她那苹果般的面庞淡红可爱。这时人正多，那入场的地方又是来往人必经的小路，她一进冰场便被人绊了一跤，走了没有几步又摔了一跤，我在距离她很近的柱子前，无意义地走过去很自然地扶她起来。她低了头腮上微微涌起两朵红云，一只手拍着她的衣裙，一只手紧握着我手说："谢谢你！"

我没有说什么，微笑地溜走了，远远我看见浚在那圈绳内的柱子旁笑我呢！这时候，连我自己也莫名其妙，忽然由厌恨转为爱慕了，她真是具有伟大的魔术呢！也许她就是故事里所说的那些魔女吧！

音乐第三次奏起，很自然地大家都一对一对缘着外圈走，浚和一个女看护去溜了，我独自在中间练我新习的步法，忽然有一种轻碎的语声由背后转来，回头看原来又是她，她说："能允许我和你溜一圈吗？"

她不好意思地把双手递过来，我笑着道："我不很会，小心把你拉摔了。"

这一夜是很令我忆念着的：当我伴她经过那灿烂光亮如白昼的电灯下时，我仔细看着她这一套缟素的衣裳，和那一双文弱的玉腕时，猛然想到沉没海底的凌心和流落天涯的子青，说不出那时我心中的惨痛！栗然使我心惊，我觉她仿佛是一条五彩斑烂的毒蛇，柔软如丝带似的缠绕着我！我走到柱子前托言腿酸就悄悄溜开了，回首时还看见她那含毒意的流波微笑！

浚已看出来了，她在那天归路上，正式地劝告我不要多接近她，这种善于玩弄人颠倒人的魔女，还是不必向她表示什么好感，也不必接受她的好感。我自然也很明白，而且子青前几无还来信说他这一生的失败，都是她的罪恶；她拿上别人的生命，前程，供她的玩弄挥霍，我是不能再去蹈这险途了。

不过她仍具有绝大的魔力，此后我遇见她时，真令我近又不是，避又不是，恨又不忍，爱又不能了。就是冷落漠然的浚也有时会迷恋着她。我推想到冰场上也许不少人有这同感吧！

如今我们不称呼她的名字了，直接唤她魔女。闲暇时围炉无事，常常提到她，常常研究她到底是种什么人？什么样的心情？我总是原谅她，替她分辩，我有时恨她们常说女子的不好；一切罪恶来了，都是让给女子负担，这是无理的。不过良心唤醒我时，我又替凌心子青表同情了。对于她这花锦团圆，美满快乐的环境，不由要怨恨她的无情狠心了，她只是一条任意喜悦随心吮吸人的毒蛇，盘绕在这辉煌的灯光下，晶莹的冰场上，昂首伸舌地狞笑着；她那能想到为她摒弃生命幸福的凌心和子青呢！

毒蛇的杀人，你不能责她无情，琪如也可作如斯观。

　　今天去苏州胡同归来经过冰场的铁门，真是不堪回首呵！往日此中的灯光倩影，如今只剩模糊梦痕，我心中惆痕之余，偶然还能想起魔女的微笑和她的一切这也是一个不能驱逐的印象。

　　我从那天别后还未再见她，我希望此后永远不要再看见她。

只有梅花知此恨

　　这是夜里十点多钟，潜虬坐在罩了碧罗的电灯下，抄录他部里的公文。沙发旁边放着一个白漆花架。紫玉的盆里正开着雪似的梅花。对面墙上挂一幅二尺多长的金漆钻花玻璃镜框，里面的画片是一个穿着淡绿衫子的女郎，跪在大理石冢前，低了头双手抱着塑在墓前的一个小爱神。后面是深邃的森林，天空里镶着半弯秋月，几点疏星。

　　潜虬似乎有点儿疲倦，写不了几个字，他就抬起头来，看看这幅画片：有时回头向铜床上望：盖着绣花紫绸棉被的，已经入梦的夫人。

　　今夜不知为了什么，飘浮在他脑海上的都是那些纤细的银浪，是曾经淹没过他整个心魂的银浪。他无意识地站起来，伸了伸懒腰，遂慢慢踱到那盆梅花跟前，低了头轻轻吻着。一直到清香咽入温暖的心房时，沉醉地倒在沙发上，那时皎洁辉煌的灯光，照着他

泛着红霞面靥！

这时候忽然客厅的电话铃响，他迷惘中睁开眼惊讶地向四周望了望；停了一息，差人进来说："周宅请老爷说话。"他想了想说："问清楚是找我吗？"差人低低地说："是的，老爷。"

他慢慢踱进那间庄严富丽的客厅，电灯上黄白流苏的光彩，照着他惺忪睡眼；脑海里像白雁似的思潮，一个个由茫远处急掠地飞过！沉思了半晌，才想起他是来接电话的，遂坐在电话旁边的一个玫瑰绒躺椅上：

"喂！你哪儿！找谁！"

"你是谁？呵！你是潜虬吗？……你是八年前北京大学的潜虬吗？"

"是的，我是潜虬……声音很熟。呵！你莫非薏妹吗？"

"潜虬，我是薏薏，我是你西子湖畔的薏妹，你近来好吗？你一直莫有离开北京吗？咳！潜虬，八年我们莫有通消息了。但是你能想到吗？我们在公园的荷花池前曾逢到一次，崇效寺枯萎了的牡丹前，你曾由我身边过去。"

"薏妹，真做梦都想不到你今夜会打电话给我，你怎么知道我的号数呢？"

"今天下午我到一个朋友家赴宴，无意中我看见一本你们部里的人名录，翻出你的名字，我才知道你原来也在北京，后来我更知道你的住址，和电话号头。"

"薏妹，想不到今夜我们还有个接谈的机会，咳！我毕业以后，一直就留在北京；后来因为家乡被海寇扰乱的缘故，民国十二年的八月，我回南把家搬出来。你大概不知道我是死？是活？更不知道我是近在咫尺，还是远在天涯？但是我，在这八年里，我什么都知道你。你是民国十年由天津来到这里，又由西城搬到东城；现在你不是就住在我们这个胡同的北口吗？去年腊月底，有一天我去衙门，过你们门口时，确巧逢见你牵了你那六岁的女孩上汽车。那

时你穿着一身素服，面色很憔悴；我几乎要喊你。你自然哪能想到风沙扑面，扰扰人海的北京市上，会逢到你八年前的潜虬呢？我此后不愿再过你门口；因此我去部里时，总绕着路走。薏妹！薏妹！你怎么不理我呢？怎么啦！现在你还难受吗？咳！我所以不愿意和你通消息的缘故，就是怕你苦痛！"

"潜虬，你怎知道我怎样消磨这八年呢？我是一点泪一滴血地挨延着：从前我是为了母亲，现在呢我又忍不下抛弃了小孩们。我告诉你，我母亲在去年腊月底已经死了，你逢见我的那一天，我正是去法源寺上祭。我从来不愿意埋怨父母，我只悲伤自己的命运，虽然牺牲的对得住父母，但是他们现在都扔下我走了，世界孤零零的只留着我。"

"薏妹！何尝是孤零零的只留着你，你岂不知世界上还有我是在陪着你吗？八年前的黄浦江上，我并不是莫有勇气，收藏起我的血泪沉在那珀石澄澄的江心；那时我毫无牵系，所以不那样做的缘故，当然纯粹是为了你，为了成全你的孝心，我才牺牲了一生幸福，为了使你不念到我的苦痛，我在这为了在这孤零零的世界上陪你。我常想那怕我们中间有高山，有长流；但是我相信天边明月，一半是你的心，一半是我的心！现在你不要难受，上帝怎样安排，我们就怎样承受：你的责任，便是爱你的丈夫，爱你的儿女，我的责任，也是爱我的妻子。生命是很快的，转瞬就是地球上我们的末日，光华的火焰终于要灭熄的！"

"我现在很好，很安于我的环境；早已是麻木的人了，还有什么痛苦，不过我常想毁灭我们的过去，但是哪能办到呢？我愿意我永久这样，到我离开世界的那一天。你近来部里事情忙吗？你很久莫有在报上作文章了。"

"我本想毕业后就回乡村去，这污浊纷纭的政治舞台我真不愿意滥竽唱随；但是我总不愿意离开北京。部里事忙得很，工作烦多是减少繁思的妙法，所以我这八年的生活，大都消磨在这个'忙'

字上。"

"喂！潜虬！子和已在上星期去了上海了，假如这时期你愿意见到我时，我可以见你……"

"你应该满意现在的隔离，侯门似海，萧郎路人，这是我们的命运；我们是地球上最后的胜利者，我们是爱神特别祝福的人！我现在不能见你，我莫有理由、勇气去见你；你应该知道社会礼教造成的爱，是一般人承认的爱，他的势力压伏着我们心灵上燃烧的真爱。为了这个，薏妹，我不愿见你；并且以后你连电话都不要打。这是痛苦，已经沉寂了的湖，你让它永久死静好了。薏妹！你怎么了？薏妹，你不要难受！呵！你怎么不理我呢？喂！喂！"

沉寂了，一切像秋野荒冢一样的沉寂；潜虬晕倒在那个玫瑰绒的躺椅上，旁边也一样放着一盆桃色的红梅，一阵阵冷香扑到他惨白的脸上。

弃　妇

　　一个清晨，我刚梳头的时候，琨妹跑进来递给我一封信，她喘气着说："瑜姐，你的信！"

　　我抬头看她时，她跑到我背后藏着了。我转过身不再看她，原来打扮得非常漂亮：穿着一件水绿绸衫，短发披在肩上，一个红绫结在头顶飞舞着，一双黑眼睛藏在黑眉毛底，像一池深苍的湖水那样明澈。

　　"呵！这样美，你要上哪里去。收拾得这样漂亮？"我手里握着头发问她。

　　"母亲要去舅妈家，我要她带我去玩。上次表哥给我说的那个水莲公主的故事还未完呢，我想着让他说完。再讲几个给我听；瑜姐，你看吧，回来时带海棠果给你吃；拿一大篮子回来。"说到这里她小臂环着形容那个大篮子。

　　"我不信，母亲昨天并莫说要去舅妈家。怎么会忽然去呢？"

我惊疑地问她。

"真的，真的。你不信去问母亲去；谁爱骗你。母亲说，昨夜接着电报，姥姥让母亲快去呢。"她说着转身跑了，我从窗纱里一直望着她的后影过了竹篱。

我默想着，一定舅妈家有事，不然不会这样急促地打电报叫母亲去。什么事呢？外祖母病吗？舅父回来了吗？许多问题环绕着我的脑海。

梳好头，由桌上拿起那封信来，是由外埠寄来的．贴着三分邮票，因为用钢笔写的，我不能分别出是谁寄来的。拆开看里面是：

瑜妹：

我听说你已由北京回来，早想着去姑母家看望你，都因我自己的事纠缠着不得空，然而假使你知道我所处环境时，或许可以原谅我！

你接到这信时，我已离开故乡了，这一次离开，或者永远莫有回来的机会。我对这样家庭，本莫有什么留恋；所不放心的便是茹苦含辛，三十年在我家当奴隶的母亲。

我是踢开牢狱逃逸了的囚犯，母亲呢，终身被铁链系着，不能脱身。她纵然爱我，而恶环境造成的恶果，人们都归咎到我的身上；当我和这些恶势宣战后，母亲为她不肖的儿子流了不少的泪，同时也受了人们不少的笑骂！

我更决心，觉着母亲今日所受的痛苦，便是她将来所受的痛苦；我无力拯救母亲现实的痛苦，我却有力解除她将来的痛苦；因之我才万里外归来，想着解放她同时也解放我，拯救自己同时也拯救她。

如今我失败了，我一切的梦想都粉碎了！我将永远得不到幸福，我将永远得不到愉快，我将永远做个过渡时代的牺牲者，我命运定了之后，我还踌躇什么呢？我只有走向那不知到何处是归宿的地方去。

我从前确有一个梦想，这个梦想像一个毒蟒缠绕着我，已经有六年了。我孕育了六年的梦想，都未曾在任何人面前泄露，我只隐藏着，像隐藏一件珍贵的东西一样的，我常愿这宝物永远埋葬着，一直到黄土掩覆了我时，这宝物也不要遗失，也不要现露。这梦想，我不希望她实现，我只希望她永久做我的梦想。我愿将我的灵魂整个献给她，我愿将我的心血永远为她滴，然而，我不愿她知道我是谁？

我园里有一株蔷薇，深夜里我用我的血我的泪去灌溉她，培植她；她含苞发蕾以至于开花，人们都归功于园丁，有谁知是我的痴心呢！然而我不愿人知，同时也不愿蔷薇知。深夜，人们都在安息，花儿呢也正在睡眠；因之我便成了梦想中的园丁。

我已清楚地认识了自己的命运，我也很安于自己命运而不觉苦痛；但是，这时确有一个人为了我为了她自己，受着极沉长的痛苦，是谁呢？便是我名义上的妻。

我的家庭你深知。母亲都是整天被人压制驱使着做奴隶，卅年到我家，未敢抬起头来说句高声话。祖母脾气又那样爆烈，一有差错，跪在祖宗像前一天不准起来。母亲这样，我的妻更比不上母亲了，她所受的苦痛，更不堪令人怀想。可怜她性情迟钝，忠厚过人；在别人家她可做一个好媳妇，在我家里，她便成了一个仅能转动的活尸。

我早想着解放了她，让她逃出这个毒恶凌人的囚狱；无论到什么地方去，都比我的家自由幸福多了，我呢，也可随身漂泊，永无牵挂；努力社会事业以毁灭这万恶的家庭为志愿；不然将我这残余生命浮荡在深涧高山之上，和飞鸟游云同样极止无定地漂浮着。

决志后，我才归来同家庭提出和我的妻子正式离婚。哪知道他们不明白我是为了——她。反而责备我不应半途弃她；更捕风捉影的，猜我别有怀抱。他们说我妻十年在家，并未曾犯七出例条，他们不能像她家提出。更加祖父和他祖父是师生关系，更不敢起这个意。他们已经决定要她受这痛苦，我所想的计划完全失败了。不幸的可怜的她，永远地在我名下系缚着，一直到她进了坟墓。这是多么残酷的事情，我懊丧着，我烦恼着，也一直到我进了坟墓，一切都完了，我还说什么呢？

瑜妹！我给你写这封信的动机，便是为了母亲。母亲！我本能不留恋的便是母亲！我同家庭决裂，母亲的伤痛可想而知，我不肖，不能安慰母亲。瑜妹！我此后极止何处，我尚不知。何日归来，更无期日；望你常去我家看看我的母亲，你告诉她，我永远是她的儿子，我永远在天之涯海之角的世界上，默祝她的健康！

瑜妹！我家庭此后的情形真不敢想。我希望他们能为了我的走，日后知道懊悔。我一步一步离故乡远了，我的愁一丝一丝的也长了。

再见吧！祝你健康！

徽之

我读完表哥的信，母亲去舅舅家的原因我已猜着了，表哥这样一走，舅母家一定又闹得不得了，不然不会这样焦急地催母亲去。我同情母亲的苦衷，然而我更悲伤表嫂的命运，结婚后十年，表哥未曾回来过，好容易他大学毕业回来了；哪知他又提起离婚。外祖母家是大家庭，表嫂是他们认为极贤德的媳妇，那里让他轻易说道离婚呢？舅父如今不在家，外祖母的脾气暴躁极了，表哥的失败是当然的，不过这么一闹，将来结果怎样真不敢想；表哥他是男人，不顺意可以丢下家庭跑出去；表嫂呢，他是女人，她是嫁给表哥的人，如今他不要她了，她怎样生活下去呢？想到这里我真为这可怜的女子伤心！我正拿着这封信发愣的时候，王妈走进来说："太太请小姐出去。"

我把表哥的信收起后，随跟着王妈来到母亲房里。母亲正在房间里装小皮箱里的零碎东西，琨妹手里提着一小篮花；嫂嫂在台阶上看着人往外拿带去的东西。

"瑜！昨夜你姥姥家来电，让我去；我不知道为的什么事，因此我想着就去看。本来我想带你去。因为我不知道他们家到底有什么事，我想还是你不去好。过几天赶你回京前去一次就成了，你到了他们家又不惯拘束。琨她闹着要去，我想带她去也好，省的她留在家里闹。"

母亲这样对我说的时候，我本想把表哥的事告诉她。后来我想还是不说好了，免得给人们心上再印一个渺茫的影子。

我和嫂嫂送母亲上了车，回来时嫂嫂便向我说："瑜妹，你知道表哥的事吗？听说他在上海念书时，和一个女学生很要好，今年回来特为的向家庭提出离婚。外祖母家那么大规矩，外祖母又那么严厉，表嫂这下可真倒霉极了。一个女子——像表嫂那样女子，他的本事只有俯仰随人，博得男子的欢心时，她低首下心一辈子还值得。如今表哥不要她了，你想她多么难受呢！表哥也太不对，他并不会为这可怜旧式环境里的女子思想；他只觉着自己的妻不如外边时髦女学生，又会跳舞，又会弹琴，又会应酬，又有名誉，又有学问的好。"她很牢骚地说着。我不愿批评，只微微的笑了笑；到了家我们也莫再提起表哥的事。但是我心里常想到可怜的表嫂，环境礼教已承认她是表哥的妻子——什么妻，便是属于表哥的一样东西了。表哥弃了她让她怎样做人呢？她此后的心将依靠谁？十年嫁给表哥，虽然行了结婚礼表哥就跑到上海。不过名义上她总是表哥的妻。旧式婚姻的遗毒，几乎我们都是身受的。多少男人都是弃了自

己家里的妻子，向外边饿鸦似的，猎捉女性。自由恋爱的招牌底，有多少可怜的怨女弃妇践踏着！同时受骗当妾的女士们也因之增加了不少，我想着怎样才能拯救表嫂呢？像她们那样家庭，幽怨阴森简直是一座坟墓，表嫂的生命也不过如烛在风前那样忽悠！

过了三天，母亲来信了。写得简单，她报告的消息真惊人！她说表哥走后，表嫂就回了娘家，回去的第二天早晨，表嫂便服毒死了！如今她的祖父和外祖母闹得很厉害，舅父呢不在家，表哥呢，他杀了一个人却鸿飞渺渺地不知哪里去了。因此舅母才请母亲去商量怎样对付。现在还毫无头绪，表嫂的尸骸已经送到外祖母家了，正计划着怎样讲究的埋葬她！母亲又说琨妹也不愿意在了，最好叫人去接她回来，因为母亲一时不能回来，叮咛我们在家用心服侍父亲。

嫂嫂看完母亲的信哭了！她自然是可怜表嫂的末遇，我不能哭，也不说话，跑到院子里的葡萄架下站着，望着晴空白云枝头小鸟，想到表哥走了，或者还有回来的一天。表嫂呢，她永远不能归来了！为了她的命运，我低首默祷她永久地安眠！

祷告——婉婉的日记

九月三号

今天是星期日，她们都出去了。这屋子往日多么热闹，如今只觉得空寂可怕。我无地方可去，也无亲友可看，结果只好送她们去了，我孤身回来。天天忙着，我是盼有一天闲，但是闲了又这样情绪不宁感到无聊。

晚饭后，魏大夫叫我送一束花给四十四号的吴小姐，她是个极美丽的姑娘，虽然因为病现的清瘤点。和她谈了半天才知道她就是吴文芳的侄女。我问到文芳，她说她自从辞了医院事情后，不久就和一位牙医生结婚，如今在青岛。正谈着，她的母亲来了。我便把花插在瓶里，把魏大夫写的那个英文片子放在花瓶前，我和她们笑了笑就开门出来了。

路过大楼时，想进去看看赵牧师，我心忽然燥烦起来，不愿意去了。

回到寝室楼，依然那样空寂，我真有点害怕，静默得可怕！推开娟玉的房门，雪帐低垂着，一缕花香扑鼻而来。她未曾回来，风吹着帐帷正在飘动！站在这里呆了一会，我回到自己的床上来。我想睡，睡了可以把我安息在幸福的梦里；但心情总是不能平静，像黑暗中伸出无数的苍白手臂在接引我。睡不成，我揭被起来，披了一件斗篷，走到楼下回廊上看月亮。

夜静极了，只有风吹着落叶瑟瑟，像啜泣一样击动我的心弦。天空中一碧如洗，中间镶着繁星，一轮秋月又高又小，照得人清寒彻骨。我合掌跪在这晶莹皎洁的月光下，望见自己不知道来处的影子。

世界上最可怜最痛苦的大概是连自己都不知是谁的人罢！连自己的父母都不知道是谁，连自己的父母都不知在哪里的人罢？你照遍宇宙照尽千古的圆月，告诉我，我的父母是谁？他们在哪里？你照着的他们是银须霜鬓的双老，还是野草黄土中的荒冢呢？

落叶在阶前啜泣时，抬头或者还认得他的故枝。我是连树叶都不如，这滔滔人海，茫茫大地中，谁是亲昵我的，谁是爱怜我的？只有石桥西的福音堂，是可怜的婉婉的摇篮。这巍峨高楼的医院，是可怜的婉婉栖居的地方；天天穿上素白的长袍，戴上素白的高冠，咽着眼泪含着笑容，低声柔气，服侍许多呻吟愁苦的病人，这是可怜的婉婉的伴侣和职务罢！

主啊！只有你知道，夜静时候，世界上有一个可怜无父无母无兄弟姊妹的孤女，在月光下望着一堆落叶咽泪！

夜深了，我回来，斜倚在枕上，月光很温柔地由窗纱中射进来，她用纤白的玉臂抱吻着我。我希望做梦，或者梦中可以寻见认识了我的父母，或者我还能看见我的姊妹弟兄。我真不敢想下去了；今天看见吴小姐的母亲时，我才知道世界上还有那么亲爱自己的一个女人，她是自己的母亲。

婉婉！你自己的母亲呢？

九月五号

昨夜刮了整夜的风，今天忽然觉着冷，早晨三十号来了一位病人，患着脑膜（炎）。头疼得他一直喊叫着，我给他枕上冰囊似乎止住点痛。他是一个银行的办事员，送他进来的是几个同事，和他年纪仿佛的青年。魏大夫看过了，告诉我劝他平静些，不能让他受刺激，最好不要接见亲友。晚上再吃药，这时候最好先令他静静地安眠。

我拉过绿幕遮住射进来的阳光，将他的东西都安放在橱里。整理好后，拿了花瓶到后园折了几枝桂花。当我悄悄送花来时，他已醒了，睁着很大的眼望着我。我低头走进去，把花瓶放在病榻畔的小几上。

"要水吗？先生！"我问他。他摇了摇头。我就出来了。

十二点钟午餐来了，我请他少用一点，他不肯。再三请他，他才在我手里的杯子内喝了三口牛乳。这位病人真奇怪，进来到现在，他未曾说过一句话，时时都似乎在沉思着严重的问题。

给他试验温度时，我拿起他床前的那个纸牌，他的名字是杨怀琛，和我同姓。

夜里魏大夫把配好的药送来，我服侍着吃完了药，换上冰袋，临走时我告诉他：要东西时，只要把电铃一按便有人来。在楼梯上逢见娟玉，问她去那里，她说要去值夜，在大楼上。

到了寝室很远便听见她们的笑语声，我没有去惊动她们，一直走到我的房里。书桌上放着一本书，走过去一看是本精装的《圣经》。里边夹着个纸条。上边写着：

婉婉：那天你送花来，母亲看见你，说你怪可爱的。

　　我已告诉了她你待我的好处，她更觉喜欢，今天送东西时给你带来一本《圣经》。她叫我送给你，她说这本书能擦去你一切的眼泪！

——吴娴

　　我捧着这本书，把这短笺回环地读了四五遍。因为别人的母亲偶然施与的爱，令我想到我自己的母亲。《圣经》，我并不需要它；我只求上帝揭示我谁是我的母亲，她在哪里？只有她能擦去我一切的眼泪。主啊！只要你告诉我她在哪里，我马上赴汤蹈火去寻找她。然而默默中命运涎着脸作弄我，谁知道何时何地才能实现我如意的梦。

　　惨淡的灯光照在圣母玛丽亚的像上，我抬头默然望着她！

九月九号

　　昨夜我做了一个梦，梦见我走到一个似乎乡村的地方，一带小溪畔有几间茅屋，那里透露出灯光来。我走到茅屋前，听见里面有细碎的语声。窗外映着淡淡的月光。我轻轻推开门，月光投射进来。黑暗的屋角里看见床上坐着一个老妇人，她合掌念着佛。一盏半明半暗的油灯，照见她枯皱的脸上挂着两道泪痕！我走进一步，跪下去伏在她膝头上痛哭！

　　不知何时醒来，枕衣上已湿了一大块。

　　今晨梳洗时，在镜子里照见我自己，我自己孤苦伶仃的一个人在这世界上挣扎，转眼已十九年了。自从我进了福婴堂到现在没有一个亲人来看过我，也没有一个人认识我。我找不着我亲爱的父母和姊妹兄弟，他们也一样不曾找到我。记得我在福婴堂住了七年，七年后我服侍一个女牧师，她教我读《圣经》，做祷告。十四岁那年她回国去了，把我送到一个外国医院附设的看护学校习看护，三年毕业后，魏大夫就要我在这医院里当看护，已经有两年了，我想假使这时候我的母亲看见我，她也许不认识我。

三十号那个病人已经来了四天了。他病还见好，魏大夫说只要止住痛就不会有什么危险。今天他已和我攀谈起来，问我哪里人？家里还有些谁？唉！让我怎么回答他呢？连我自己都不知道，怎样能告诉他？这是我一生的耻辱，我只有低下头咽泪！他大概也理会到我有不能说出的苦衷，所以不曾往下追问。

他的病不能移动，所以他只可静静地躺着。晚饭后我给他试验口温，我低头用笔在簿上记录时，他忽然向我说："姑娘，我请求你一件事，你可肯替我办？"

"什么事？"我问。

他又几次不肯说。后来他叫我从衣橱里拿出一本日记，里面夹着信纸信封。他告诉我了，原来是请我给他写一封信。他念着我写：

文蕙妹鉴：

　　你信我已收到，事已如斯，夫复何言。我现已移入病院，将来生死存亡，愿妹勿介意，人生皆假，爱又何必当真。寄语方君，善视妹，则我瞑目矣。

——怀琛

写好，他又令我在日记里找着通信地址；原来也是姓吴。我心里真疑惑是吴文芳的姊妹，什么时候去问问文芳侄女便知道究竟了。信封也写好后，我递给他看。看完他很难受，把眼睛紧紧闭上，牙齿嚼着下唇，脸一阵阵现的苍白。我把日记放在他枕头畔，给他喝了几勺开水，我轻轻问他："这信付邮吗？"他点点头。我轻轻闭门时，听到一声最哀惨的叹息！

晚风吹在身上，令我心境清爽一点，望着星月皎洁的天空深深地吐了一口气。

我凝视着手中这封信，假如这真是最后消息时，不知这位文蕙小姐看了该怎样难过？最可怜这生病的青年，进来医院这许久，未曾来过一个人，或者一封信一束花是慰问讯候他的。

今夜晚间本来不是轮我去。不过我看见他那种伤心样子真不放心。十二点了。我又从魏大夫那里拿了药亲自给他送去，一推门我便看见他正在流泪!我给他吃了药，他抬起那苍白的脸望着我，他说："姑娘，我真感谢你，然而我怕今生不能报答你了，但是我有个唐突的请求，我愿知道姑娘的芳名。"我完全被他那清澈的，多情的目光摄去了我的灵魂，当淡绿的灯光映在他脸上时，我真觉得这情况太惨了。我抖战着说："我叫婉婉，和先生同姓。"他不曾往下问，我也未曾多告诉他一点。

十二点半钟了，我的责任应该请他休息，我用极诚恳的态度和他说："先生，你宽怀养病，不要太愁苦，我求上帝赐福给你。"

"谢谢你，婉婉姑娘，祝你晚安！"他含着泪说。

九月十二号

昨夜魏大夫告诉我今天陪他到城外出诊，我的职务已另请一位看护代理。我从衣橱里拿出我那件外衣和帽子围巾，这三件东西是那女牧师临回国时送我的，因为我不常出去，所以虽然它们的式样已经不时髦，不过还很新。

收拾好已九点钟，我想去大楼看看三十号的病人。走到他病室前，我忽然有点迟疑，因为自己的装束现在已不是个看护了，我来看他不是不便吗？我立在门口半天，终于推开门进去。他看见我忽然惊惶的坐起来。眼睛瞪视着问我："你是文蕙吗？我没有想到你会来看我呀！"他伸着双臂问我，他哭了！啊呀！这一吓把我直退到门口。

我定了定心神才告他说："先生！我是婉婉，你不要吃惊。"我说着走过去扶他睡下。

我等他休息了一会，我才告他我今天要出城去，职务已有人代理。我问他要不要什么东西给他带来，他这才和我说："你今天的装束真像她。原谅我对姑娘的失礼，因为我是在病中。"他说着流下泪来。我真不忍看了，也不知该怎样安慰他好，只呆呆地立在他床前。

"姑娘，你去吧！我不要什么，我在这世界上没有需要的东西了。"

"你好生静养，晚间我回来给你读《圣经》"我把他的被掩好，慢慢走出来。

汽车已在医院门前，魏大夫站在车口等着我。

在车上饱看着野外的秋色，柳条有点黄了，但丝丝条条犹想牵系行人。满道上都是落叶，汽车过去了，他们又和尘土落下来。平原走尽，已隐隐看见远处的青山。魏大夫告诉我，我们要去的地方便在那青山背后，渐渐到了山根，半山腰的枫树，红的像晚霞一样，远看又像罩了一层轻烟软雾。

走进了村庄，在一个别墅门前车停了，这时已十点多钟。我们进到病房里，是一位小姐患着淋巴腺结核，须用手术医治。我帮着魏大夫，割完已经一点半钟了。主人是个五十多岁的老人。很诚恳地招待我们。用完午餐我们就回城来，一路上我不看景致了，只想着三十号那个病人，真懊悔今早不应这样装束去看他，令他又受一个大刺激。

到了城里又去看了一个患肺病的人，七点钟才回到医院。我在花店买了两个精巧玲线的小花篮，里面插满了各色的菊花和天东草。

今天一天真疲倦，回到医院我就到自己房里来。叫人送一个花

篮给吴小姐，另一个花篮我想送给三十号的病人。

本想今夜亲自送去，不过不是我轮值，因为早晨又惊扰了他，现在也不愿再去了。连我自己也奇怪呢，为什么我这样可怜他，同情他？我总想我应该特别注意关照他，好像他是我的哥哥，或者是弟弟一样。

夜里我替他祷告，我想到他心中一定埋藏着一件伤心的历史，那天我给他写信的那个女子，一定就是使他今日愁病的主人。不知他有父母没有！也许他和我一样孤苦呢！今天我忽然想也许他是我的哥哥，因为他也姓杨。最奇怪的是我心里感到一切令我承认他是我的哥哥。

我想明天去大胆问问他，他有莫有妹妹送到福婴堂，在十九年前。

九月十三号

今晨七点钟，我抱着那个花篮到大楼去，在楼梯下我逢见两个人抬着软床上来。我心忽然跳起来，不知为什么我忽然想到他不好的消息，急忙跑上楼，果然那间房子门口围着许多人，我走进去一看，他死了！僵直的卧在床上，嘴边流着口液，两眼还在半开着，手中紧握着一张像片。

这时软床已上来，把他抬到冰室去。

我一直靠在墙上，等他们把他抬走了，我才慢慢走到他床前。咽着泪收拾他的床褥。在枕头畔我又发现了他那本日记。我把他的东西整理好，包了一个小包和我那个花篮一块儿教人送到冰室去。不知道这是不是犯罪，他的日记我收起来了。我想虽未得到同意，但是我相信在世界上知道他抱恨而终的大概只有我，承受他最后的遗什的也许只有我。

说不出来我心头紧压的悲哀，我含着泪走进了冰室。里面已有几个人在，大概就是送他进来的那些银行同事们。地上放着一个大包袱，他们正在那里看殓衣。我一张望，见他的尸骸已陈列在墙角的木板上，遍体裹着白布，他的头偏向里面，地下放着那个花篮。

唉！我悔，昨夜未来看他，如今我站在他面前时，他已经脱离了人间的一切烦恼而去了。可怜他生前是那样寂寞孤苦的病着，他临终也是这样寂寞孤苦的死去，将来他的坟头自然也是无人哭吊无人祭献的寂寞之墓。我咽着泪把花篮放在他的头前，我祷告；他未去远的灵魂，接受世界上这孤女的最后祭献！

我走出了冰室，挟着这本日记，我不敢猜想这里面是些什么记叙。朝霞照着礼拜堂的十字架，我低头祷告着回来。

余　辉

日落了，金黄的残辉映照着碧绿的柳丝，像恋人初别时眼中的泪光一样，含蓄着不尽的余恋。垂杨荫深处，现露出一层红楼，铁栏于内是一个平坦的球场，这时候有十几个活泼可爱的女郎，在那里打球。白的球飞跃传送于红的网上，她们灵活的黑眼睛随着球上下转动，轻捷的身体不时地蹲屈跑跳，苹果小脸上浮泛着心灵热烈的火焰，和生命舒畅健康的微笑！

苏斐这时正在楼上伏案写信，忽然听见一阵笑语声，她停笔从窗口下望，看见这一群忘忧的天使时，她清癯的脸上现露出一丝寂寞的笑纹。她的信不能往下写了，她呆呆的站在窗口沉思。天边晚霞，像绯红的绮罗笼罩着这诗情画意的黄昏，一缕余辉正射到苏斐的脸上，她望着天空惨笑了。惨笑那灿烂的阳光，已剩了最后一瞬，陨落埋葬一切光荣和青春的时候到了！

一个球高跃到天空中，她们都抬起头来，看见了楼窗上沉思

的苏斐，她们一齐欢跃着笑道："苏先生，来，下来和我们玩，和我们玩！我们欢迎！！"说着都鼓起掌来，最小的一个伸起两只白藕似的玉臂说："先生！就这样跳下来罢，我们接着，摔不了先生的。"接着又是一阵笑声！苏斐摇了摇头，她这时被她们那天真活泼的精神所迷眩，反而不知说什么好，一个个小头仰着，小嘴张着，不时用手绢擦额上的汗珠，这怎忍拒绝呢！她们还是顽皮诞脸笑容可掬地要求苏斐下楼来玩。

苏斐走进了铁栏时，她们都跑来牵住她的衣袂，连推带拥地走到球场中心，她们要求苏斐念她自己的诗给她们听，苏斐捡了一首她最得意的诗念给她们，抑扬幽咽，婉转悲怨，她忘其所以的包容发泄尽心中的琴技，念完时，她的头低在地下不能起来，把眼泪偷偷咽下后，才携着她们的手回到校舍。这时暮霭苍茫，黑翼已渐渐张开，一切都被其包没于昏暗中去了。

那夜深时，苏斐又倚在窗口望着森森黑影的球场，她想到黄昏时那一幅晚景和那些可爱的女郎们、也许是上帝特赐给她的恩惠，在她百战归来，创痛满身的时候，给她这样一个快乐的环境安慰她休养安息她惨伤的心灵。她向着那黑暗中的孤星祷告，愿这群忘忧的天使，永远不要知道人间的愁苦和罪恶。

这时她忽然心海澄静，万念俱灰，一切宇宙中的事物都在她心头冷寂了，不能再令她沉醉和兴奋！一阵峭寒的夜风，吹熄她胸中的火焰，觉仆仆风尘中二十余年，醒来只是一番空漠无痕的噩梦。她闭上窗，回到案旁，写那封未完的信，她说：

钟明：

自从我在前线随着红十字会做看护以来，才知道我所梦想的那个国地，实际并不能令我满意如愿。三年来诸友相继战死，我眼中看见的尽是横尸残骸，血泊刀光，原只想在他们牺牲的鲜血白骨中，完成建设了我们理想的事

093

业，谁料到在尚未成功时，便私见纷争，自图自利，到如今依然是陷溺同胞于水火之中，不能拯救。其他令我灰心的事很多，我又何忍再言呢！因之，钟明，我失望了，失望后我就回来看我病危的老母，幸上帝福佑，母亲病已好了，不过我再无兄弟姊妹可依托，我不忍弃暮年老亲而他去。我真倦了，我再不愿在荒草沙场上去救护那些自残自害，替人做工具的伤兵和腐尸了。请你转告云玲等不必在那边等我，允许我暂时休息，愿我们后会有期。

苏斐写完后，又觉自己太懦弱了，这样岂是当年慷慨激昂投笔从戎的初志。但她为这般忘忧的天使系恋住她英雄的前程，她想人间的光明和热爱，就在她们天真的童心里宇宙呢？只是无穷罪恶无穷黑暗的渊薮。

石评梅

小说精品

第三辑

被践踏的嫩芽

　　梦白毕业后便来到这城里的中学校当国文教员，兼着女生的管理。虽然一样是学校生活，但和从前的那种天真活泼的学生时代不同了。她宛如一块岩石在狂涛怒浪中间，任其冲激剥蚀，日子长久了，洁莹如玉的岩石上遂留下不少的创洞和驳痕。黑影掩映在她的生命树上，风风雨雨频来欺凌她惊颤的心，任人间一切的崎岖，陷阱，罗网，都安排在她的眼前，她依然终日来来往往于人海车轨之中，勤苦服务她这神圣的职业。

　　她是想借着这车马的纷驰，人声的嘈杂，忘掉她过去的噩梦，和一切由桃色变成黑影的希望。

　　不知道梦白身世的人，都羡慕她闲散幽雅的兴趣，和蔼温柔的心情；所以她在这学校内很得她们一群小天使的爱敬。她自己，劫后残灰，天涯飘萍，也将这余情专诚的致献于她们，殡埋了一切，在她们洁白的小心里。

　　有一天梦白正在办公处整理她的讲义，一阵阵凉风由窗纱吹进来，令她颁热的心境感到清爽舒畅。这时候已经日暮黄昏，回廊上走过一队一队挟书归去的白衣女郎，有时她们偶然抬头和她们相触的目光嫣然微笑！

　　钟声息了，只剩下这寂寞的空庭，和沉沉睡去的花草，梦白为了这清静的环境沉思着！散乱的讲义依然堆集在桌上。这时忽然有轻轻叩门的声音，门开了走进一个颀长淡雅的女郎，丰容盛鬋眉目如画，那种高洁超俗的丰度，令人又敬又爱。梦白认识她是这校中的高材生郑海妮。

　　海妮走到梦白的桌子前，她嗫嚅着说："先生！我有点事来烦扰您。"说着把书包打开拿出一束信来，这一束信真漂亮，颜色是淡青、淡黄、淡紫、淡红，还有的是素笺角上印着凸起的小花。梦白笑了！她说："呵！这一段公案又来了。"

　　海妮脸上轻泛起那微醉的酡红，薄怒娇嗔的告诉梦白这束信的来历和那厌烦的扰人，为了免除家庭的责难，同学的嘲笑，她希望梦白向学校提出，给她一种惩罚，不要再这样来扰人讨厌。梦白翻着这一束信静听她絮烦的妙语，她心现着有点醉了！"海妮！把这信留在这里我看看，你先回去，明天应该怎么办，我再和你商量。""谢谢先生！"海妮微微弯着腰，姗姗地走出去了。

　　晚餐后，梦白在灯下坐着看学生的试卷，她忽然想起海妮给她一束信，她遂把试卷放在一边，她把那束信抽出来看：

海妮：

　　假如上帝安排下他的儿女是应该相爱的，那我就求你接到这信时你不必惊讶！我仅仅是个中学生，既不是名画家，更不是大诗人，我不能把我崇敬爱慕的女郎，用我的拙腕秃毫来描写于万一；我不须要赞美，我只求心灵有一块干净地方来供奉她，人间采一朵幽淡如兰的鲜花来祭献

她，再用我的血泪灌溉这朵花永远是盛开着，令她色香不谢。

昨天我独自在图书馆看书，正是心神凝注时。门帘动了，你姗姗地由我身边走过去。借完书，你又姗姗地惊鸿一瞥似的走出去。就是这样一来一去，把我平静的心波鼓荡的狂涛怒浪，山立千仞。我不能在这里枯坐，遂挟了书走到操场的树荫下。我想在那嘈杂人声中，来往人影里，消失了我心头的情影。谁知道你偏又和你的同伴来到操场上散步。我明知道是我自己的心情恍惚；但是我那时真恨你，并且恨那和你同行的女伴。

我自己也莫明其妙，在学校已经三年半了，女性的同学我见过数百人，在万花群艳中未曾令我神夺志移，但是你来了之后我就觉的两样了，几次自己想驱逐这幻影的来临，但是终于无效。海妮！这些诉告在你自然是值得卑视讪笑的，我本不愿把这些难邀一笑的言语来扰你清听，但是我的心在悄悄地督催我，我也觉真心的祭献是不至于令神嗔怪的！

林翰生

梦白看完后，觉得这信写的很真诚别致，还不怎样令人不能往下看，海妮的情书自然也该超出于旁人吧！她想着不禁笑了！接着又抽看第二封：

海妮：

我早知道你是不理我的，也知道你对于这渴慕你的人们，环绕于你足下的人们是一样的与以冷笑！我不能把我自己怎样超拔于群侪，令你垂青，我只是一个中学生，我毫无特别的才能建设值得你敬慕。

　　我现在是求学时代，不幸便无意中受了爱神的戏弄，令我由光明的前途，沉溺于黑暗的陷阱，我那敢怨你，我自然是痛恨诅咒那嘲弄人的命运，我好似驰骋山野的骏马，忽然自愿把鞍辔加上，任人鞭骑，这是令我日夜痛心怆然下泪的遭逢呵！海妮！不论怎样，我永远珍藏这颗心至永久罢！我不敢说是爱你。

　　我应该告诉你我的身世，我是孤儿，父母都在十年前相继弃我而去，族叔抚养我到如今，我从未曾奢望过人间的幸福，只求能有点树立时，不辜负叔父一场教养。在我这十八年凄空清寂的生活里，微微有点余温使我生命之火星光闪烁的就是你了，你的学问品格处处都令我敬慕，我才不自主的把这颗幼小被伤的嫩芽，重献到你的足下来求践踏。

　　你是名门闺秀，富室千金，天赋给你的是人间的欢乐和幸福，我也明白，到什么时候我和你也是两个世界的人，侯门似海，我终于是徘徊在朱门外的流浪者。我本不必把我的哀曲向你弹述，希望求你的怜恤，你是不能衷同情于我的；但是海妮，我能够珍藏你于方寸灵台之中，我就不再奢求什么了。

　　　　　　　　　　　　　　　　　林翰生

　　梦白连读了几封信后，她的神色异常颓丧，她觉这信里所说的话，好像十年前也有人这样向她说过一样。前尘梦影又涌现到她的回忆边缘上来，令她默默地向着灯光沉思。她不知怎样来处理这一段公案。

　　翌晨，梦白同海妮商量，海妮的意思还要令梦白提出校务会议，因为不给他惩罚时，怕他还要再写信来，频频相扰。她是想借此申明表白给她的家庭同学看一看的。梦白原想探一探海妮的口

吻，如果她能通融和缓时，她是不愿意声明这件事的，因为这事的结果，在她素有经验的心中已都安排好了；林翰生又是品学皆优的高材生，她怕他受不住这无情的风波！但是海妮这样坚决她也无计再能调剂。这严重的空气，遂允许了海妮的要求，在当天下午把这件事情提出校务会议。

会议室里一张长桌上，铺着雪白的桌布，放着瓶花，四周都坐满了穿长衫西装的人们；这都是校中的重要职员。门开了，梦白手里拿着那一束鲜艳的信笺进来，他们都很注意的问道："这是什么？"开会时，梦白先把这一束信的公案报告了一遍，主席一面读着信一面征求各位的意见。有的主张重办，有的主张从宽，众见纷纭，莫衷一是。主席后来把两种意见折衷办理：议决给林朝生一个行为不检的特别惩戒，由本级级任面加训迪。这是姑念他平常品学皆优，所以这次才不出牌示给他包留情面。林翰生做梦也不知道，他写给海妮的情书遭了这般厄运，在这庄严堂皇的会议席上，互相传观。

三天后的早晨正是狂风暴雨时候，海妮神色仓忙，面容灰白，又来到梦白的办公处，她站在梦白面前嘤嘤因泣！梦白不知她受了何人的委曲，再三问她，她由衣袋中拿出一封信来递在梦白手中，拆开来写的是：

海妮：

我不怨你对我这样绝情。就是这一点行为不检的惩戒，我也不介意；不过我三年多在学校里师长同学面前，我未曾失意过，这次事情发生后，似乎一切人们都觉着我是个轻薄可鄙的少年，将不齿于友侪，这是令我最痛心的。

到如今我在情感上并不忏悔我过去是错误，我用天真忠诚的心血，滴沥着写给你的信，就是枪眼对着心口，钢刀放在颈上，我也不懊悔那是罪恶的表现，不道德的行为。他们那些假道学的人们，根本不能来讪笑我，虽然我自始至终，对于这件事我不愿有所表白。海妮！为了你的绝情，陷栽我于这黑暗的深渊，不能振作。但是我已另外发现了路途了。我已和叔父商议好，明日便束装回里，我不愿再在这学校逗留，这里对我无一点留意，海妮！就是你，我也不再向你说什么了，我为了你的清静，我从此不再写信，也不再在这里停留，愿我们从此永远隔绝好了。

本可以不必写信给你，不过我想告诉你我此后的消息，你也该放心了。海妮！我自然爱你一如往日，此后不论漂泊到天涯地角，我也遥远的替你祝福！也希望你慧心里不要忘了这被你践踏的嫩芽，海妮！海妮！从此你的倩影日离我远了，也许是日距我近了。假如你是有情人，愿你将来心幕上不要留今日的残痕。至于宇宙对我的命运和安排，我也不怨恨冷酷，因为我能在极短的时期中认识你，而且又与你以微小可记的印象，我已曾满足了。夜深了，我按着惨痛的心灵，向你告别，向我认识你的学校告别！

林翰生

梦白看见这封信，她并不惊奇，不过她心头感到万分的凄酸！抬头见海妮还在低低的泣！纯是个不懂事的儿女态度，她本想说她几句，后来因她已经心碎便忍住了。

一阵风吹开了窗帷，梦白忽然见阶前的一株不知名的紫花被风雨欺凌的落红满地。这时雨直如注，狂风卷着雨丝把纸窗都湿了，梦白低低的向海妮说了声："也许这时候他已经走了。"

忏　悔

　　许久了，我湮没了本性，抑压着悲哀，混在这虚伪敷衍，处处都是这箭簇，都是荆棘的人间。深深地又默窥见这许多惊心动魄，耳聋目眩的奇迹和那些笑意含刀，巧语杀人的伎俩。我颤栗地看着貌似君子的人类走过去，在高巍的大礼帽和安详的步伐间，我由背后看见他服装内部，隐藏着的那颗阴险奸诈的心灵。有时无意听得许多教育家的伟论，真觉和蔼动人，冠冕堂皇；但一转身间在另一个环境里，也能聆得不少倾陷、陷害，残鄙过人的计策，是我们所钦佩仰慕的人们的内幕。我不知污浊的政界，也不知奸诈的商界，和许多罪恶所萃集的根深处，内容到底是些什么？只是这一小点地方，几个教室，几个学生，聚天下英才而教育之的学校里，也有令我无意间造成罪恶的机会。我深夜警觉后，每每栗然寒战，使我对于这遥远的黑暗的无限旅程更怀着不安和恐怖，不知该如何举措，如何忏悔啦！

　　我不愿诅咒到冷酷无情的人类，也不愿排议到险诈万恶的社会，我只埋怨自己，自己是一个懦弱无能的庸才，不能随波逐流去适应这如花似锦的环境，建设那值得人们颂扬的事业和功绩。我愿悄悄地在这春雨之夜里，揩去我的眼泪，揩去我忍受了一切人世艰险的眼泪。

　　离母亲怀抱后，我在学校的荫育下优游度日。迨毕业后，第一次推开社会的铁门，便被许多不可形容描画的恶魔系缚住，从此我便隐没了。在广庭群众、裙屐宴席之间周旋笑语，高谈阔论的那不是我；在灰尘弥漫、车轨马迹之间仆仆之风霜，来往奔波的那不是我；振作起疲惫百战的残躯，复活了业经葬埋的心灵，委曲宛转，咽泪忍痛在这铁蹄绳索之下求生存的，又何尝是我呢？五年之后，创痕巨痛中，才融化了我"强"的天性，把填满胸臆的愤怒换上了轻浅的微笑，将危机四伏，网罟张布的人间看作了空虚的梦幻。

　　有时深夜梦醒，残月照临，凄凉（静）寂中也许能看见我自己的影子在那里闪映着。有时秋雨淅沥，一灯如豆，惨淡悲怆中也许能看见我自己的影子在那里歆歔着。孤雁横过星月交辉的天空，它哀哀的几声别语，或可惊醒我沉睡在尘世中的心魂；角鸥悲啼，风雨如晦的时候，这恐怖颤栗的颤动，或可能唤回我湮没已久的真神。总之，我已在十字街头，扰攘人群中失丢了自己是很久了。

　　其初，我不愿离开我自己，曾为了社会多少的不如意事哀哭过嗟叹过，灰心懒意的萎靡过，激昂慷慨的愤怒过；似乎演一幕自己以为真诚而别人视为滑稽的悲剧。但如今我不仅没有真挚的笑容，连心灵感激惭愧的泪泉都枯干了。我把自己封锁在几重山峰的云雾烟霞里，另在这荆棘（的）人间留一个负伤深重的残躯，载着那生活的机轴向无限的旅程走去，——不敢停息，不敢抵抗的走去。

　　写到这里我不愿再说什么了。

　　近来为了一件事情，令我不能安于那种遗失自己——似乎自骗的行为；才又重新将自己由尘土中发现出，结果又是一次败绩，狼

狈归来，箭锋刺心，至今中夜难寐，隐隐作痛；怕这是最后的创痛了！不过，我愿带着这箭痕去见上帝，当我解开胸襟把这鲜血淋漓的创洞揭示给他看的时候，我很傲然地自从我是人间一员光荣归来的英雄。

自从我看了亚米契斯的《爱的教育》之后，常常想到自己目下的环境，不知不觉之中我有许多地方都是在试验她们．试验自己。情育到底能不能开辟一个不是充满空虚的荷花池，而里面有清莹的小石，碧澈的小波，活泼美丽的游鱼？

第一次我看见她们——这幻想在我脑中成了一个亟待解决的问题，许多活泼纯洁、天真烂漫的苹果小脸，我在她们默默望着我行礼时，便悄悄把那付另制的面具褫去了。此后我处处都用真情去感动她们

有一次，许多人背书都不能熟读，我默然望着窗外的铁栏沉思，情态中表示我是感到失望了。这时忽然一个颤抖的声音由墙陬发出：

"先生！你生气了吗？我父亲的病还没有好，这几天更厉害了，母亲服待着也快病了。昨夜我同哥哥替着母亲值夜；我没有把书念熟。先生！你原谅我这次，下次一定要熟读的。先生！你原谅我！"

一个十二岁的小女孩，她的头只比桌子高五寸。这时她满含着眼泪望着我，似乎要向我要怒宥她的答复。"先生？芬莱的父亲因为被衙门裁员失业了，他着急一家的衣食，因此病了。芬莱的话．请先生相信她，我可以作证。"中间第三排一个短发拂额的学生，站起来说。

"先生！素兰举手呢！"另一个学生告诉我。

"你说什么？"我问。

"先生！前天大舅母死了，表姊伤心哭晕过去几次，后来家人让我伴她到我家，她时时哭！我心里也想着我死去五年的母亲，不

由得也陪她哭！因此书没有念熟，先生……"

素兰说着咬咽的又哭了！

我不能再说什么，我有什么理由责备她们？我只低了头静听她们清脆如水流似的背书声，这一天课堂空气不如往常那样活泼欣喜；似乎有一种愁云笼罩着她们，小心里不知想什么？我的心确是非常的感动，喉头一股一股酸气往上冲，我都忍耐的咽下去。

上帝！你为什么让她们也知道人间有这些不幸的事迹呢！？

春雨后的清晨，我由别校下课赶回去上第二时，已迟到了十分钟。每次她们都在铁栏外的草地上打球跳绳，远远见我来了，便站一直线，很滑稽的也很恭敬的行一个童子军的举手立正（礼），然后一大群人拥着我走进教室，给我把讲集收拾清楚，然后把书展开，抬起她们苹果的小脸，灵活的黑眼睛东望西瞧的不能定一刻。等我说："讲书了。"她们才专神注意的望着我看着书。不过这一天我进了铁栏，没有看见一个人在草地上。走进教室，见她们都默然的在课堂内，有的伏着，有的在揩眼泪，有的站了一个小圆圈。我进去行了礼，她们仍然无精打采的样子。这真是哑谜，我禁不住问道：

"怎么了？和同学打架吗？有人欺侮你们吗？为什么不高兴，为什么哭？因为我迟到吗？"我说到后来一句，禁不住就笑了。"不是，先生，都不是。因为波娜的父亲在广东被人暗杀了！她今天下午晚车南下。现在她转来给先生和同学们辞行。你瞧！先生，她眼睛哭得像红桃一样了。"自治会的主席，一个很温雅的女孩子站起来说。"什么时候知道的！唉！又是一件罪恶，一支利箭穿射到你们的小心来了！险恶的人间，你们也感到可怕吗？"我很惊惶的向她们说。

"怕！怕!怕!"许多失色苍白的小脸，呈现着无限恐怖的表情，都一齐望着我说。

我下了讲堂，走到波娜面前，轻轻扶起她的头来，她用双手握

住我，用含着泪的眼睛望着我说：

"先生！你指示我该怎样好，母亲伤心的已快病倒了。我今天下午就走。先生，我不敢再想到以后的一切，我的命运已走到险劣的道上了，我的希望和幸福都粉碎成……"她的泪珠如雨一般落下来。

"波娜！你不要哭了，这是该你自己承受上苦痛挣扎的时候到了。我常说你们现在是生活在幸福里，因为一切的人间苦恼纠葛，都由父母替你堵挡着，像一个盾牌，你们伏在下面过不知愁不认忧的快乐日子。如今父亲去了，这盾牌需委你自己执着了。不要灰心，也不要过分悲痛，你好好地持奉招呼着母亲回去。有机会还是要继续求学，你不要忘记你曾经告诉过我的志愿。常常写信来，好好地用功，也许我们还有再见的机会。"

我说不下去了，转身上了讲台，展开书勉强镇静着抑压着心头的悲哀。

"我们不说这会事了，都抬起头来。波娜！你也不要哭了，展开书上这最后一课吧！你瞧，我们现在还是团聚一堂，刹那后就风吹云散了。你忍住点悲哀罢，能快活还是向这学校同学、先生同乐一下好了。等你上了船，张起帆向海天无际的途程上进行时，你再哭吧！听我的话，波娜！我们今天讲《瘗旅文》。"

我想调剂一下她们恋别的空气，自己先装作个毫不动情漠然无感的样子。

无论怎样，她们心头是打了个不解的结，神情异常黯淡。

下课铃摇了！这声音里似乎听见许多倾轧陷害，杀伤哭泣的调子。我抬起头望了望波娜，灰白的睑，马上联想到（她那）僵毙在地上，鲜血溅衣惨遭暗害的父亲。人间这幕悲剧又演到我的眼前；如此我只有走了。匆匆下了课，连头都不曾抬就走出了教室。隐约听见波娜和她们说话的声音，和许多猛受了打击的惊颤小心的泣声。

我望望天上无心的流云，和晴朗的目光；证明这不是梦，也不是夜呢！

第二天上课时，她们依然神情颓丧，我的目光避躲着波娜的空位子，傍近她的同学都侧着身体坐着，大概也是不愿意看见那个不幸的地盘。那日下午那个空位子我就叫素兰填补了。

自从那天起我们都不愿意谈到波娜，她们活泼的笑容也减少了，神态中略带几分恐怖顾虑的样子，沉默深思、她们渐渐地领略了。我怨恨这戏毒万恶的人间呢！污染了这许多洁白的心灵！求上帝，允许谅恕我的忏悔吧！我愿给我以纯真如昔的她们，不再拿多少未曾经见的罪恶刺激残伤她们。

平常一件不经常的小事，有时会弄到不可收拾、救药的地位。罪恶都是在这样隐约微细中潜伏着，跃动着。

学校里发生了一宗纠葛不清的公害，这里边牵涉到素兰。我一直看着她宛转在几层罗网几堵石壁中挣扎，又看见她在冷笑热讽威吓勒逼中容忍；最后她绞思焦虑出许多近乎人情的罪恶来报恩，她毅然肩负了一切，将自己作了一个箭垛，承受着人们进攻射击而坦然无愧于心。多少委曲求全，牺牲自己来护别人的精神，这是最令我惭愧的，汗颜的。

我曾用卑鄙的态度欺凌她，我曾用失望的眼光轻视她；我曾用坚决的态度拒绝她，我曾用巧语诱惑她。如今我忏悔了，我不应随着多数残刻浅薄的人类，陪她在极苦痛中呻吟着；将她的义气侠性认为罪恶，反以为这是自己的聪明。

当她听了我责备她的话时，她只笑了笑说："先生！我希望你相信我，我负了这件罪恶时，却能减少消失一个人的罪恶，我宁愿这样做，我愿先生了解我，我并不痛苦！"地面色变为灰白了。

"我爱我死（去）的母亲之魂，如我的生命；先生！我请母亲来鉴谅我，这不是罪恶，这是光荣。"她声音颤抖的说。

当我低头默想这件事的原因时，她已扶着桌子晕过去了！

　　四周都起了纷扰，吓的许多女孩望着她惨白的面靥哭了！我一只手替她揩着眼泪，一只手按着她博跃的心默默祷告着，愿她死去的母亲之灵能原谅我的罪过，我悄悄说："让她醒来吧！让她醒来吧！"

　　从三点钟直到五点钟，她在晕迷中落泪，我也颤抖着心，想到人间的险艰，假如她真个是牺牲上自己代别人受过时，那么我们这些智慧充分，理智坚强的人，不是太对不住她了吗？可怜她幼无母亲的抚爱，并遭继母的仇视，因此她才得了神经衰弱之疾，有一点刺激便会昏厥不醒的。她在无可奈何中，寄居在舅母家，这种甘苦我想绝不是聪明的人所能逆料到的吧！每次读到有关慈母或孝养的书时，她总泪光模糊的望着我。我同情她，我也可怜她，因此我特别关心挂想这无人抚管的小孤女。但是这一次我是不原谅她，因为我自认她曾骗过我。

　　她晕厥归去的那一夜，我曾整夜转侧不能入寐，想到她灰白的面庞，和黑紫的嘴唇，我就觉得似乎黑暗中有种细小的声音在责备我。我一直在悬心着怕她有意外，假如她常此失去健康，那我将怎样忏悔这巨大的罪戾呢？我想到母亲，她在炮火横飞的娘子关内，这时正在枕畔向我祝福吧！母亲！我真辜负了你濒行的教诲和嘱咐。

　　翌晨我去学校，打听了她的住处，我拟去看素兰，后来莲芬说我不去好，怕她见了我又伤心。打电话去问时，说她病已有转机了。

　　为了这件事，我痛心到万分，自己旧有的创痕也因此崩溃。

　　几周后，素兰来校上课了，她依然是那样沉默着，憔悴的脸上，还隐约显着两道泪痕，我不忍仔细注视她，只微微笑了笑，这也许表示忏悔，也许是表示欣慰。

　　事情就这样糊涂了结。作文时，我出了"别后"的题目，素兰写了一封信给她死去的母亲，是这样说：

亲爱的母亲：

我已经觉着模糊中能意见你慈祥的面容，但如今又渐渐在清醒中消灭了！我是如何的怅惘呵！这件事我想你的阴灵该早知道了，不过母亲，我不能得若何人了解同情的苦衷，我该诉向母亲的，母亲！你知道吗？

在一月前你的侄儿翔持着一封信，托我顺便带给蓬芬，不解事的我，便不假思索的带给她。母亲呵，我那知道这是封冒名的情书。学校先生叫了我去盘诘，但我因顾及翔的前途，不敢直说，终于说了个"不知道"，蒙哄过去。

奇怪呵！每天在我书桌上笑盈盈督促我用功勤读的你的遗照，竟板起面孔来问着我。这时我的良心也似乎看见你的怒容叱责我："你为什么欺骗先生，小孩子不应该说说话。"

我是小孩，我那知道人事情形是如此复杂，我鼓起勇气，到先生处以实情相告，如释重负般跑到家里，预料到你一定是笑盈盈的迎我了。哪知事实与理想是常常相悖的，你依然郁郁不乐的向着我。我现在说实话了，为什么你还不乐呢？隐约中良心又指示："你竟这样的糊涂，虽然说了实话，但翔将如何？翔的前途便因你这一句话完全布满了黑暗和惊涛。他固罪有应得，不过舅父对你那样好，你忍心看他的爱子被学校惩罚革除吗？"母亲？我那样真不知怎样才好，不实说，将蒙欺骗之罪对不起先生，实说了，翔将不利又对不起舅父。终于用我幼稚尽拙的脑筋，想了一个我认为最完善的办法。

第二天，我鼓起那剩余的勇气，毅然决然的再到先生处，去实行我昨夜的计划——代翔认过——然而不幸又被

莲芬指破. 她不忍看我受先生的埋怨，她不忍见先生失望我是如斯无聊的一个学生，她将我代翔受惩以报答我恩深义重的舅父一番心都告诉了先生，我真悔，无论如何不该告诉莲芬以致泄露。母亲呀！请你特别原谅我，因为我意志不坚，想及代翔认过后的前途和名誉，不免有点畏缩；但你的影子、你的话，都深深绕纶于我的脑际，又使我不得不自认。终于想了这个拙法告诉莲芬，在我的愚笨心理以为有一个人知道我的曲衷，就是死也不冤枉了。

不幸翔家人都认为我诬赖翔，学校先生也疑惑我诬赖翔，都气势汹汹的向着我，我宛如被困于猛兽之林的一只羊。而且翔的姐姐到先生处声辩质问，先生又叫我去审问。母亲呵！我为了你，为了翔，为了恩深情重的舅家，我最后，承认冒名情书是我写的，以前的话是虚伪的。我只能说这一句，别的曲衷我不愿让表姐知道的，那知先生说：

"这封信原来就是你写的，我万想不到你是这样一个学生，我白用苦心教你了。你一直在欺骗我，你说的话以后教我怎能相信？素兰，我白疼你了，你对不起我，也对不起亡去的母亲。"这话句句像针一样刺着我，我不能分辨，只默受隐忍着这不白之冤；不过先生又用慈悲的眼光望着我，她似乎在我坦然的态度上看出了我是代翔认过的情景真实了。但是，母亲，这几天的惊恐，颤栗，劳疲，绞思，到如今不能支持了，我的小心被这些片片粉碎了。我的神魂失主了，躯壳也倒地了……醒来，父亲抱着我，继母没有来，舅母和表姐和翔都含泪立在床畔，我欣慰中得到一种可骄傲的光荣。你的遗照上满布了笑容，而且你似乎抚慰我说："兰儿！努力你的功课吧！这点小事不必耿耿于怀呵！如今她们都了解你了，翔的前途也无危险

了，不过你告翔以后务要改过谨慎，星星之火足以燎原，连你也要记着！"

正在热望你复活的爱女

素兰

我深夜在灯下读完这篇作文时，我难受的落下泪来！我在文后批了这几句话：

"我了解你，不过我怨恨人类，连自己。这次在我心版上深印了你的伟大精神，我算一个很悲哀、残忍、冷酷、庄厉的罪恶忏悔者。愿你努力读书，还要珍爱你的身体；母亲在天之灵是盼望你将来的成就，成就的基础是学问和身体。"

病

　　窗外一片片飞着雪花，炉中的兽炭熊熊地燃着，我拥着浅紫的绸被，睁着半开的眼，向窗望着！这时恰是黄昏，屋里的东西，已渐渐模糊起来；病魔又乘着这黑暗的势力，侵入我这无抵抗的身体内。当时微觉有点头痛，但我的心仍觉清明的存在。迷离恍惚中，依稀听见枕畔有轻轻语声：

　　"母亲远在故乡，梅隐姐姐又在日本，云妹你哪里能病？"这凄清的声音，传到我的耳鼓时，不觉一阵心酸，眼眶里的泪又湿透了枕衣！但当我睁开眼看时，床前只有何妈，背着黯淡的灯光，拿着一杯煎好的药静静地低头站着。伊脸上堆满了愁纹，也似乎同我一样诅咒这苍天是如何的不仁呵！

　　我起来喝了半杯这不治病痛的药，仍睡下；我忽然自己也莫名其妙的，向何妈微微底一笑！但伊如何能知道我的笑是何种的笑呵？我把眼闭后，伊也蹑手蹑足，轻轻地出去了。我实在再无勇气

看这惨淡的灯光；确是太凄凉而且恐怖了！一时间又将二十年来的波纹，都连续不断地浮上脑海，一幕一幕像电影一样，很迅速的转动。

一年一年的光阴催着我在痛苦的途程中工作，我未曾找到一株青翠的松枝！或是红艳的玫瑰！只在疲倦的床上，饮伤了未母辣的火酒，刺遍了荆棘的针芒！只见一滴一滴的血，由我心巢中落到土壤里；一点一点的泪，由眼中逆流到心房，一年的赠与，只有惆怅的悲哀；我更何忍，对着这疏峭的寒梅，重温那迷惘的旧梦呵！

这样群众欲狂的新年，我只张了病幕，隔阻了一切；在电话的铃声里，何妈已替我谢绝了一概虚伪的酬酢。不过当爆竹声连续不断的刺入耳鼓时，我又想到家乡的团圆宴上，或者母亲还虚着我的坐位待我？伊们又乌能料到可怜的我，是病在天涯！

今天早晨雪已不下，地上满铺着银沙；让何妈把窗上的纱幔都揭起，顿觉心神舒爽！美丽的朝霞，正射在我的脸上；紫红的轻绢一层一层的退着，渐渐变成淡蓝的云座；那时由云幕中捧出了一轮金黄的太阳！再加蔚青的晴空，绚烂的云霞，白玉似的楼阁，雪绒似的花球；这一幅冬景——也可说是春景，确是太理想的美丽了；窗前小鸟，也啭着圆润的珠喉啁啾着；案头两株红梅，也懒松松地半开着！当一阵阵馥郁的清香，送到枕畔的时候，不禁由心灵的深处，发出赞美！这是半载隐逸的（也可说是忧愁的）生活中最快乐的一时。"自然"确能有时与人以莫大的兴奋和安慰！

这刹那的安慰只有少时间的逗留，悲哀的纤维又轻轻地跳动着——直到将全身都浸在悲哀的海里：那神妙的搏动，才肯停止。

沙漠中开不了蔷薇似的红花！谁也不能在痛苦的机轮上安慰我！我明知道世间，和被捣碎和伤害的不仅是我！就是现在把理想的种子，植在我希望的田里；将镇痛剂放在我创伤的心上：也是被我拒绝的。我只觉我应当高声的呼喊，低声的啜泣；或者伏在神的宝座下忏悔我生的罪恶。从前热心要实现的希望，现在都一齐包

好，让水晶的匣子盛着，埋葬在海底！

任那一切的余烬燃着，或有一天狂风把他们一齐吹化呵！

当灵肉分裂的时候，我把灵魂轻轻向云头浮起，用着灵的眼望着病榻上的我！不禁想人生诚然是可怜而悲痛，漂泊者的呼声，恰是隔了重重尘网的人所不能听到的。

我确是太痴了！在这样人间，想求到我所希望的星火！人生只应当无目的转着生之轮，服从着严酷的制度！虽然人是具有理智的判断，博感的系恋；但同时人类又组织了一切的制度和习惯；你绝无勇气，把许多堑壁都粉碎了，如你心一样的要求！这种压伏的宇宙下，遂迷漫了失望的呼声！

病的时期内，我就这样不断的运用我心的工作；我毫未觉着光阴是怎样飞驶——像金箭一样的迅速！我只觉太阳射着我时，脸上现着金辉色！可怖的黑暗侵到我的病屋时，只有烈炽的火焰，似乎和这黑暗搏战！

静静的夜里，只听到心浪的起伏，钟声的摆动；有时远远的一阵爆竹声，但没有多时仍归寂然，那时我联想到一件往事：

"依稀是八岁的时候，我也是在新年中忽然病了；我由厢房的窗上，知道了新年中的点缀。雪花铺满了屋顶和院中的假山；一棵老槐树上，悬挂着许多晚上要放的鞭炮；远看去像挂着许多红绿的流苏。客厅的门上，挂着大红的彩绸，两旁吊着许多玻璃灯。

母亲嘱咐了监督我的王妈，没有出房门的权利；或许是怕我受风寒，那时心里很不快活；总想有机会出去玩玩。一到灯光辉煌的时候，母亲怕我孤寂，就坐到我的小竹床上，用伊软绵的爱手，抚着我的散发，谈许多故事给我听。当我每次由睡梦中哭着醒来的时候，母亲准在我旁边安慰我。虽然是病着，但药有母亲看着王妈用心的煎，并且有许多样的汤点给我吃。父亲有了工夫，也踱到我的房里来看我，有时还问问我"已认过的字忘了没有？"

当那时我毫未知道在母亲的帱下生病，是多么幸福的事！这种

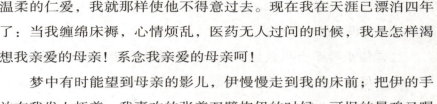

温柔的仁爱，我就那样使他不得意过去。现在我在天涯已漂泊四年了：当我缠绵床褥，心情烦乱，医药无人过问的时候，我是怎样渴想我亲爱的母亲！系念我亲爱的母亲呵！

梦中有时能望到母亲的影儿，伊慢慢走到我的床前；把伊的手放在我发上抚着；我喜欢的张着双臂抱伊的时候；可恨的晨鸡又喔喔地叫了！追梦醒后，只有梅花的冷香，一缕缕沁人心肺；阑珊的疏影，在壁上盘曲蜷回的映着。床前确是立着一人，是我忠心的女仆，虽然伊也是伊女儿的母亲；但伊的影子绝不是我的母亲！

我确是因在病笼中了；但朋友呵！请你立在云头向下界一望，谁是不受病笼羁束的？谁是逃出生命之网的漏鱼？病身体的，或不受精神的烦闷；病精神的，或不受身体的痛苦；我呢？精神上感受着无形的腐蚀；身体又感受迟缓而不能致命的斧柯！我的病愈重，我诅咒人生也更深；假如没有生，何至于使我病呢？所以我诅咒社会人情怎样薄浮，制度怎样万恶！我以为社会是虚的总名，借以组织中心的还是人类——聪明的人类。

我或者是太聪明！或者是神经过敏！在我眼帘下的宇宙，没有完全的整个，只有分析的碎屑；所谓奇丽，只有惨淡；所谓愉快，只有悲哀。我以为世间一切奇丽快乐都是虚幻，而悲哀惨淡，确是宇宙中的主宰，万古不灭的真理！我对于生，感不到快乐，只有悲哀，同时我又怀疑着宇宙中的一切。

病中心情，确有时太离奇，不过我已是为群众所讪讽为疯狂的呻吟者！

不禁又觉着一生太无收获了！游戏了这许多年，所尝受的只是虚伪的讪笑，面具的浮情，有时也曾如流星一样，坠颗光明的星在我面前；但只有刹那的火花到地后又变成坚硬的岩石了！宇宙唯一的安慰，只有母亲的爱；海枯石烂不倦不转之情，都是由母亲的爱里，发蕾以不于开花。这在悲哀的人生，只有为了母亲而生活！母亲为了怕我逸去，曾用伊的鲜红的血丝，结织了生网。我为了爱母

亲，我更何忍斩断了母亲结织的生网！另去那死的深洞内，受那比较连母亲都没有的生活！

这样似乎母亲已很诚恳的昭示了；我伏在母亲的宝座下忏悔了；为了母亲，我应当抗议病魔侵占；这样计划之后，可怜我又开始转动这机械的人轮了！

晚　宴

　　有天晚晌，一个广东朋友请我在长安春吃饭。

　　他穿着青绿的短服，气度轩昂，英俊豪爽，比较在法国时的神态又两样了。他也算是北伐成功后新贵之一呢！

　　来客都是广东人。只有苏小姐和我是例外。

　　说到广东朋友时，我可以附带说明一下，特别对广东人的好感。我常觉广东的民性之活泼好动，勇敢有为，敏慧刚健，忠诚坦白，是值得我们赞美的。凡中国那种腐败颓废的病态，他们都没有；而有许多发扬国华，策励前进的精神。凡全球都感到惊畏的。这无怪乎是革命的根据地，而首领大半是令人钦佩的广东人了。

　　寒暄后，文蕙拉了我手走到屋角。她悄悄指着一个穿翻领西装的青年说："这就是天下为婆的胡先生！我笑着紧握了她手道："你真滑稽。"

　　想起来这是两月前的事了。我从山城回来后，文蕙姊妹们，请

117

我到北海划船，那里黄昏日落时候，晚景真美，西方浅蓝深青的云堆中，掩映夹杂着绯红的彩霞，一颗赤日慢慢西沉下去。东方呢！一片白云，白云中又袭着几道青痕，在一个凄清冷静的氛围中，月儿皎洁的银光射到碧清的海面。晚风徐徐吹过，双桨摇到莲花深处去了。

这种清凉的境地，洗涤着这尘灰封锁的灵魂。在她们的倩影中，笑语里，都深深感到恍非人间了。菡萏香里我们停了桨畅谈起来！偶然提到文蕙的一个同学，又引起革命时努力工作的女同志：谈着她们的事迹，有的真令我们敬钦，有的令我们惊异，有的也令我们失望而懊丧！

文蕙忽然告诉我，有一位朋友和她谈到妇女问题说："你们怕什么呢？这年头儿是天下为婆。"我笑起来了，问她这怎么解释呢？她说这位主张天下为婆的学者大概如此立论。

一国最紧要的是政治。而政治舞台上的政治伟人，运用政治手腕时的背景，有时却是操纵在女子手中。凡是大政治家，大革命家的鼓舞奋发，惨淡经营，又多半是天生丽质的爱人，或者是多才多艺的内助，辅其成功。不过仅是少数出类拔萃的女子，大多数还是服务于家庭中，男子负荷着全责去赡养。

因此，男子们，都尽量的去寻觅职业，预备维持妻妾的饱暖；同时虚荣心的鼓励，又幻想着生活的美满和富裕。这样努力的结果，往往酿成许多的贪官污吏。据说这是女子间接应得的罪案。

例如已打倒的旧军阀张宗昌，其妻妾衣饰杂费共需数十万。风闻如今革命伟人之妻妾，亦有衣饰费达十余万者。（这惊人的糜费我自然确信其为谣言无疑了。）——男子一方面生产，女子一方面消费。这"天下为婆"似乎愤怨，似乎鄙笑的言论，遂在滑稽刻薄的胡先生口中实现了。我们听见当然觉得有点侮辱女性，不无忿怒。但是静心想想，这话虽然俏皮，不过实际情形是如斯，又何能辩白呢！

试问现在女子有相当职业，经济独立，不使人供养的有几多？像有些知识阶级的贵妇人，依然沉溺于金迷纸醉，富裕挥霍的生活中；并不想以自己的劳力求换取面包，以自己的才能去服务社会。

不过我自己也很感到呢！文蕙她们也正是失业者。镇日想在能力范围内寻觅点工作，以自生活，并供养她五十余岁的病母。但是无论如何在北平就找不到工作，各机关没有女子可问津的道路。除非是和机关当局沾亲带故的体己人外，谁不是徘徊途中呢！意志薄弱点的女人，禁不住这磨炼挫折，受不了这风霜饥寒，慢慢就由奋斗彷徨途中，而回到养尊处优的家庭中去了。

这夜偶然又逢到胡先生。想起他的话来，我真想找个机会和他谈谈，不过事与愿违，他未终席就因有要事匆匆地去了。

卸妆之夜

蘅如偶然当了一个中学校的校长，校长是如何庄严伟大的事业，但是在蘅如只是偶然兴来的一幕扮演。上装后一切都失却自由，其实际情形无异是作了收罗万矢的箭垛。

如今箭垛的命运真是满了，她很觉值得感谢上苍。双手将这项辉煌的翠冠，递给愿意接受的朋友后，自己不禁偷偷的笑了！这来也匆匆，去也匆匆的命运。

在纷扰的社会里，嘈杂的会场上，奸狡万变的面孔，口是心非的微笑中，她悄悄推倒前面那块收罗万矢的箭垛，摘下那顶庄严伟大的峨冠，飘然回到她幽静的书斋去了。走进了深深院落，望见紫藤的绿荫掩着她的碧纱窗。那一排新种的杨柳也长高了，影子很婀娜的似在舞动，树荫下挂着她最爱的鹦哥，听见步履声，它抬起头来飞在横木上叫着：

"快开门，快开门！"

她举眸四盼了一下。湘帘沉沉中听见姨母唤她的声音。这时帘揭开了，双鬓如雪的姨母扶杖出来迎接蘅如。一股晚香玉的芬馥，由屋中出来，她猛然清醒！如午夜梦回一样。

晚餐后，她回到自己的屋里，卸下那一套"恰如其分"的装束，换上了一件沾满泪痕酒渍的旧衣，坐在写字台前沙发上，深深地吐了一口气。觉得灵魂自由了，如天空的流云，如海上的飞鸟。瓶中有鲜艳的菡萏，清芳扑鼻，玻璃杯里斟着浓酽的绿茶，洁人心脾。磨好了墨，蘸饱了笔，雪亮的灯光下，她沉思对一叠稿纸支颐。

该从何处下笔呢！这半载惊惶纷乱，污浊冷酷的环境；狡诈奸险，可气可笑的事迹，都如电影一般在她脑中演映着。

辗转在荆棘中，灵魂身体都是一样创痛。虽然是已经受了她不曾受过的，但认识的深刻，见闻的广博，却也得到她不曾知道的。人生既是活动的变迁，力和智的奋斗，那她今夜归来的情况，真有点儿像勇士由战壕沙场的梦中惊醒，抚摸着自己的创痕，而回忆那炮火弥漫，人仰马翻，赤血白骨，灰烬残堞，喟叹着身历的奇险恐怖一样。

丁零零门铃响了，张妈拿来了几封信。

她拆开来，都是学校里来的。

一封是焕之写来的。满纸都是愤慨语，一方面诅咒别人，一方面恭维着自己，左不是那一类乎黄钟毁弃，瓦釜雷鸣的笔调。她读后笑了笑！心想何必发这无意义的牢骚。她完全不懂时势和社会的内容，假使社会或个人的环境，没有一点儿循环的变化，这世界就完全死寂了，许多好看热闹的戏也就闭幕了，那种人生有什么意味呢！

又一封信，笔迹写的很恶劣，内容大概说堂内同学素常对蘅如很有感情，不应对她忽然又翻脸攻击，更不应以一种卑鄙钻营的手段获得胜利。气了个愤填胸臆，骂了个痛快淋漓，那种怒发冲冠，

拔剑相见的情形，真仿佛如在目前。

但是蘅如看到信尾的签字呢，令她惊异了！原来这个王亚琼，就是在学校中反对蘅如最激烈的分子，喊打倒，贴标语，当主席，谒当局的都是她。

这真是奇迹呵！

蘅如拿那封信对着灯光发呆，看见纸上那些怎样钦佩，怎样爱慕，怎样同情，怎样愤慨的话，每一字每一句都像毒刺插入她的灵魂。她真不解：为什么那样天真活泼，伶俐可爱的女孩们，她洁白纯净的心田，如何也蒙蔽着社会中惯用的一套可憎恨的虚伪狡诈罪呢！明知道，爱和憎或是关乎切身的利害，这都是人人顾虑的私情，谁敢说是恶德呢！不过一方面喊"打倒"一方面送秋波的伎俩，总不是我辈热血真诚的青年所应为的吧！她忏悔了，教育是失败了呢，还是力量小呢？

起始怀疑了，这样的冲突。赞美你的固然是好听，其本心不见得是真钦佩你。咒骂你的自然感到气愤，但是也不必认为真对你怎样厌恶。她想到这里，心境豁然开朗，漠然微笑中，把这两封信团了个珠掷在纸筐里。

夜深了，秋风吹过时，可以听见树叶落地的声音。这凄清秋意，轻轻掀动了宁静的心波，她又感到人间的崎岖冷酷，和身世的畸零孤苦，过去一样春梦烟痕；回想起来，已是秋风起后另有一番风景了。

她愿恢复了旧日天马行空的气魄，提起了久不温存的笔尖，捉摸那飘然来去的灵感。原本是游戏人间来的，因之约不懊悔这一次偶然的扮演。胸中燃烧着热烈欲爆的灵焰，盼这久抑的文思如虹霓一样，专在黯淡深奥处画出她美丽伟大的云彩，于是乎她迅速的提起了笔。

冰场上

连自己都惊奇自己的兴致，在这种心情下的我，会和一般幸福骄子，青春少女们，来到冰场上游戏。但是自从踏进了这个环境后，我便不自主的被诱惑而沉醉了。幸好，这里没有如人间那样的残狠，在不介意不留意时，偷偷混在这般幸福骄子，青春少女群中，同受艳阳的照临，惠风的吹拂，而不怕获什么罪戾！因之我闲暇时离开一切可厌恶的；到这里，求刹那的沉醉和慰藉。

在美丽欢欣的冰场上，回环四顾是那如云烟般披罩着的森林，岩峰碧栏红楼；黄昏时候落日绯霞映照在冰凝的场中，雪亮的刀上时，每使我怆然泫然，不忍再抬头望着这风光依稀似去年的眼底景物。我天天奔波在这长安道上，不知追求什么？如今空虚的心幕上，还留着已成烟梦的遗影；几乎处处都有这令我怆然泣然的陈迹现露在我的眼底。这冰场也一样有多少不堪回首的往事，驻足凝目

时心头常觉隐隐梗酸；有时热泪会滴在冻冷的冰上，融化成一个小小的蚀洞。

自然有人诅咒我这类乎沦落的行径，颓唐的心情吧！似乎这年头莫有什么机会或兴趣，来和那些少爷小姐们玩这类的开心运动？诚然，我很惭愧，除了每日应作的事务和自修外，我并不曾效劳什么社会运动，团体工作；不过我也很自安，没有机会去做一件与人类求福利的事，但也未曾做过殃民害众的罪恶。

看起来中国目前似乎都是太积极了，"希望"故意把人都变成了猛兽，随时随地都可以使烈火燃烧起来！鲜血喷洒出来！尸体堆集起来！枪炮烟火中，一切幸福和安宁都被恶魔的旗帜卷去了。这几乎退化到原始的世界，我时时都在恐怖着！暴动残杀，疯狂般的领袖，都是令我们钦佩敬爱的英雄吧！只是他们的旗帜永远那么鲜明正大，而他们的功绩却永远是这样暗淡悲惨呢！不知为什么？

假如后人的幸福欢乐真能建筑在现今牺牲者的枯骨血迹之上，那也是一件值得赞颂的事；不过恐怕这也终于是个幻影，只是在人们心中低低唤你前进的一个声音。

在疲倦的工作后沉思时，我总哀我自己并哀我祖国。屡次失望之后，我对于自己从前热诚敬慕的英雄，和一切曾令我动念的事业都恐怖鄙视起来了。因此在极度伤心悲痛中才逃到冰场上去求刹那的晕醉。

我虽想追求快乐，但快乐却是永不能来安慰我。我的朋友在炮火枪林底，我的故乡在战气弥漫里，我的父母在忧惧焦虑中，我就是漠不关心逃到冰场上来自骗的去追寻快乐，怕快乐也终于是遗弃而不顾我。不过晕醉，暂时的晕醉却能令我的心情麻木一时。

我告诉你们：冰下有无数美丽娟洁的花纹，那细小的雪屑被风吹着如落下的球，我足下的银刀划在冰场的裂痕，如我心膜里的残迹。轻飘飘游龙惊鸿般的姿态，笑吟吟微露醉意的霞颜，如燕子穿梭，蝶翅蹁跹似的步履，风旋雪舞，云卷电掣，这都是冰场上青年少女们的艺术。朋友！怎的不令我沉迷于此而暂忘掉一切人间的痛苦呢！是这般美妙的活泼的天真的烂漫的乐园。

不过这依然是梦。

这些幸福骄子，青春少女们也有一日要失去她们的愉乐而换成惘怅！目前的现实变作回忆的梦影。露沙笑我把冷寂的冰场当作密友是痴念，她说：

"你觉得冰冷的心情最好是安放在冰天雪地之中。不过你要知道的冰冷最是靠不住的东西，它若逢见热烈的火气，立刻就消失了原来洁白的冷严的质地，变成柔和的水，氤氲的气了。结果反不如一直是个氤氲的气倒免得着迹！"

她这话自然包含了多方面的意思，不过表面上看来，她已警告我将来是一场欢喜，空留惘怅了。什么事不是这样呢！如今冷寂坚冻的冰，本就是往日柔和如意的水，此时欢喜就是他年悲叹，人生假使就是这样时，怎禁得住我们这过分聪敏的忧虑呢！

朋友！不要想以后怎样，只骗如今这样过去吧！

林楠的日记

七月卅日

今天小蓉又咳嗽了，母亲说这是夜里受了凉，意思怪我太疏忽了。小蓉近来也是可恶，总是不停的哭。父母这些时正想念着琳，听见她哭自然心中更觉不痛快。我向母亲寻药，她面色沉的很厉害，伸手接那黄色小瓶时明明觉的我手是抖索着。吃完药，张妈抱着她睡了，我去侍候父母用晚餐。

琳他像浮萍一样漂泊着，寒呢，又似乎被种种阻力隔绝了。我们都希望能看见他，自从国民党的帜标飘扬在古城雉堞时，盼望着他的归来是现的更逼切了。

一天一天过去了，信息消沉。琳是误认他乡作故乡呢？还是别种原因系绊着他——这只有天知道。

每日聚餐时，都是默然寡欢，举箸不能下咽，喉头似乎有东西梗塞。母亲有时滔滔不绝的数说着，父亲不语，我停了箸听。一种死寂的空虚，忽然填满了不宁的颤动，似乎风起了，海面怎样也不能平静。

晚餐后，我在房里给小莲洗耳朵，听见母亲叫我的声音，来到上屋，父亲拿着一封信，母亲笑着说："琳快回来了！"

十五日写的信，说在上海耽搁几天，计算起来一两天内就到家了。这真是惊喜的消息，仿佛黑云四布的阴天，忽然云霁雾散，现出碧清如洗的天空。心里眼前都觉的光明而澄清，从前是漆黑的夜，如今是朝旭如烘的晨光；琳无异是一颗亮晶晶的星。

阴霾和忧愁都在这刹那中消失了。谁的精神都觉振作了许多，连佣人们做事都似乎勤快了，霎时间，打扫房屋，预备床褥，忙乱个不了。张妈说："蓉小姐第一次见爸爸，换一件漂亮衣服穿罢！"我笑了！在她玫瑰般腮上轻轻吻了一下，她也拍着小手笑了。

我心总是跳动着．三年来腐蚀苦痛的心，今天更感到凄酸！我真有点怕见他。从箱中拿出那件浅碧色的云罗衫，在镜中望见自己时，觉憔悴多了，不知在琳眼中是不是旧时容颜？禁不住泫然流涕！后来想忍下去吧。今天的眼泪该在琳的怀内流了，让他热烈的吻来烘我的悲痕罢！

抬头见瓶花含笑，灿烂的灯光也分外明亮，好像有意逗我一样，我走到哪里它跟到哪里。去罢，灯光！琳回来后你再照我们俩影双双。

十一点钟了，母亲还不睡，我劝她先睡下，大概今夜不会回来了。小兰也不睡，我骗她："爸爸在你做梦的时候才回来呢！"她果真赶快睡了，但不过一会，她又伸着小头问："爸爸回来了吗？"

在院中葡萄架下，预备冰激凌汽水和水果。厨房还未封火，

满院都是白昼般的灯光。等的不耐烦了，我悄悄踱到大门外。夜静了，巷中冷清死寂，四无人声，银河畔双星正在好梦初浓，月如钩，淡淡的光辉照着这静悄悄的大地，这好像一个梦境。远远有汽车警笛声，我屏息静听，是否来了呢！但渐渐远了，只有冷静的夜幕包围着衣单霜露重。

两点钟了。大概是不回来了，让佣人都去睡觉。母亲隔着窗子说"他一定不来了，你睡吧！"我心想母亲也是一样和我醒着，就是睡了。心也永久醒着。

八月二日

琳昨夜归来了。提笔写这几个字时，我心如绞。

和他同来的是璟弟和他的爱人岫琴。岫琴是黛的同乡，又是同学，她们很熟，所以他们未回来前，我早由黛那里听到关于璟弟和她的事。这一双爱侣在这家庭中像一对刚飞来的新燕子，谁都是充满了新奇和欣慰来欢迎他们，他们无异是爱神羽翼下藏着的幸福儿女。

岫琴是个刚健英武的女子，处处都现露出她反抗的精神。她在俄国住了一年多，还略带点新俄罗斯的气魄。在我们这种家庭中，她真是一手执着警钟，一手执着火把的改造者。我哪能比她，多少镣铐加在身上；多少创疤结在心头，然而我只是早生了六年，时代就将我遗弃了。母亲对她默然摇着头。我呢！很愿知道她那个世界中的光明，透射出我这暗惨的环境。

琳！我还是喊他琳。不过他的灵魂已和我分裂了。

命运告诉我，那前面是个深黑的洞，我应该忍痛含泪一步一步走过去，前途太渺茫了，不知哪里是终程。荫森的林中我只听见琳的声音，渐渐远了．我只听见幽谷中的怪鸥悲鸣。梦醒了，我是一个人在道旁涕哭！

自从昨夜到如今，琳不曾和我谈过十句话。我走到哪里，他躲到哪里，冰霜一般的脸，难以亲近，目光充满了凶狠的无情。昨夜回来后一定催促着佣人给他外间支张床，我给他拿出从前的紫绸被，一回手扔在地下。连张妈都莫明其妙：他和谁生气。

我一夜都不曾安眠，悄悄站在他床头，听见他鼾声如雷。等我进来了，静听仿佛有转侧的声音，并夹着低微的叹息。他心底一定有深长的隐痛，但是这隐痛是为了什么呢？无论如何想不出他讨厌我躲避我的原因。我第三次走到他床前时，低低喊着"琳"！他像在天涯地角那样远，空气激荡着我抖颤的声音，无人答应。

我颓然倒在床侧。琳归来的一夜是这样过去。

八月三日

晨曦照着窗纱时，我心里正布满了阴霾，梳洗后，走到他床前，他闭着眼，但是已经醒了。我想悄悄过去唤醒他说几句话；无奈，怕那冷冰如铁的面孔。我已听见自己热情的呼吸了，忍不住眼中满了泪水，又怕招他生气，我急忙走开。

轻轻推开了母亲的门，母亲隔着帐问：谁？我答应了，那时我喉头凄酸如梗。母亲又问："为什么这样早就起来，让他多睡一下，你起来一定要吵醒他。"我不知道该说什么，默然站在帐门前。母亲也觉异样，她穿好了衣裳揭起帐，望了我一眼说："林楠，为什么这样？"我给他折着绒毡，张妈进来打脸水。

今天来了不少客。大姐和黛都来了，琳对她们也很冷淡。大姐客气坐了一会就走了。黛简直莫明其妙，呆呆地望望我又望望他。

吃完饭，琳就去睡觉。连父亲都没有机会和他谈话，母亲显然有点生气了，抱怨不该请他回来。璟弟和岫琴似乎更为难的样子：一方面对我，一方面对琳，大有难于应付的情况。

母亲偶然揭开璟的皮箱，看见许多像夹，那里面都是他们的

像。除了璟和岫的外，就是琳和钱颐青小姐共摄的，多半是西湖的风景。我向琳笑了笑！母亲简直说："啊！原来是她！"璟和岫都彼此望着，现出很惊惶的样子。

钱颐青小姐是我们的同乡。她在北大读书，去年为了奉系逮捕学生，她也有点嫌疑，遂逃到南京去。那时琳正在某军的军需处当处长，就让她在那里帮点忙，琳住处很宽广，岫琴，小萍，钱小姐都在那里。机会造成了璟和岫，自然也造成了琳和钱，那种浪漫的环境中自然容易发生这浪漫的爱情。去年琳在杭州养病，给我的信上曾提到钱小姐病中看护他的好意。我也觉异乡作客，尤其是病中，难得钱小姐这样热心，我也深深地感激她。但是我相信钱小姐是知道我的，琳呢！更不会以对我的情谊去对别人。那时我并不会疑惑他们有超乎友谊的恋爱。

但是如今事实告诉我是这样呢！

上帝呵！我没有伟大的力量，灭熄我心底的悲愤之火。但是琳有个力量逼迫他，离开我，遗弃我，令我的生命沉落。这种局面一布置，我自然是一个最痛苦最可怜的妇人，不过他们果真能毫不顾忌的去爱吗？我怕一样是人间被命运播弄的可怜者呢！

八月五日

昨夜我问琳；"你有什么困难问题，不妨和我谈谈，我给你想法子去解决，整天这样愁闷，也不是一回事呵！你是多么有决断的人，为什么不拿出点勇气来呢！"

问了几次，他只冷冷道："我并没有怎样，你不要多心。"再问他时，已面壁装睡，似乎怨恨多生了两只耳朵。

这时我真气愤，恨不得捶他几拳，咬他几口才痛快。

夜半他起来在暖壶里倒水喝，我在冰箱里拿出汽水给他，开了两瓶都喝完了，似乎是灭熄他心头燃烧着的情焰。

我扶着桌子问他：

"琳！我到底什么事情得罪了你，还是哪样事情做得对不住你，都请你明白的说出来。我在家里的生活你是该知道，一切都是为了你，侍候着爹妈，抚养着小孩，我不敢有一点怨言。你为什么反和我生这样大的气呢！无论如何，想不出令你对我恩断情绝的原因。什么难解决的事呢！告诉我，我替你想方法，只要你感到愉快幸福，我宁愿帮忙你成功。整天唉声叹气能济事吗？

父母盼望你回来，真是食不甘味，寝不安枕；而你对象庭是这样冷淡，厌绝。你看母亲这几天的面色多么难看，今天在父亲屋里哭呢！走了三年，好容易回来，你是这样态度对我，真不曾想到。"

他站起来打了个哈欠道："我自然对不起你，不过父母也对不起我呢！不必谈这些了，你去睡吧！"一直走到他床前，一翻身用绒毯盖上头又睡去了。

我呆呆地站在桌子傍，望着绿绸罩下凄凉的灯光哭了！他明明听见也不来理我。琳：我情似水，怎奈君心如铁，从前那样温柔深爱的琳，近在咫尺远若无涯。

八月七日

今晨我刚睡着，他就来外间翻箱倒笼的闹了一阵。

黛来了，她手里拿着一大包东西，坐在床上，给我搬摆了一床。什么小洋狗，日记本，照相机，皮鞋，手绢，丝袜，衣料等等。她像小孩一样问我："嫂嫂！三哥给了你什么？这是他刚才送我的，凡我喜欢的东西都在里头，三哥真会给女人置东西，又别致，又合意。"

我勉强笑了笑！接着她就说；"嫂嫂：我和你好，我偷偷告诉你，但是你可千万不要向三哥提起，不然他要恨我呢！"

"什么话，值得这样秘密。"

"岫琴昨天去我那里，我说你病了，她就叹起气来！我问她到底三哥为什么和嫂嫂闹别扭呢？她笑说我哪里知道。我仔细打听才知道三哥的行踪。他和钱颐青要好已经有一年多了，程度根深，到底他为什么爱她，那是神秘的爱，谁也不解。也是机会造成的，他病的时候都是钱来服侍，煎汤熬药。你想一个孤男，伴着个多情有意的怨女，哪能够不爱呢！在南边那种浪漫的环境中。因为她离开了南京，三哥也不办公事请上假去杭州看她去，杭州的西湖上，特别租了一座楼房；他说在杭州养病，什么病伴？她的病！三哥对她的事，向璟他们也不常提到，想法子解决罢，他也无从下手。正式和她结婚，怕钱小姐还不愿意呢！也许有目的，醉翁之意不在酒。三哥是老实人。假如要是不老实，他也不舍如此傻，回了家对嫂嫂这样，你也不要难受，将来他和钱怕不能常久聚着，据闻钱想回广西去；隔离后，爱情慢慢就淡了，楠嫂！那时三哥还是你的。这次你不要留在家里了，你还是跟着三哥去，外国人的夫妇，从来不能离开的，一离开就保不了险。只有中国，男人在外面做买卖混事十多年不回家，女人在家里睁眼泪合眼泪的熬着。所以文学的表现，总是什么闺怨，寄外，寒砧明月，阳关归梦，说不尽那些春愁秋恨，悲欢离合。"

她说的我笑了，黛的小嘴真能说，无怪乎琳昨天对母亲说，黛妹有点像王熙凤呢！

吃了点百合粉，我想挣扎起来。明天是父亲的生日。一切事都要我去张罗，要不然母亲又该抱怨了，琳虽然可以不理我不爱我，但是我对他的家庭主不离开，一天总要负相当责任。岫琴笑我旧道德观念深，我也无法，我完全在这环境中势有所不能反抗，因为我已是时代的牺牲者了。岫琴有一天正式和璟结了婚，她的地位和我就不一样。谁都觉她是可以当客人一样坐着瞧，坐着吃，坐着说笑是应该，我的环境地位就不能了，我是娶来的媳妇，不是请来的爱人。

八月九日

什么事有了隔膜，就有了痛苦。谁都不肯披肝沥胆的说出来，本来想哭，还要咽下泪去换上笑容；本是讨厌你这个人，而表面还要做作多少亲热的样子，这虚伪敷衍简直是中国人的美格，充满了社会，充满了家庭，充满了个人。我真恨，然而我不能不这样做，哪个环境允许你把赤条条的本性供献出来呢？

我的家庭：老的有心事有痛苦，小的有心事有痛苦，除了那三个天真未凿的小孩外，连来的客人都有心事有痛苦。

昨天父亲过生日，表面上多么热闹；来了不少的客。黛更是高兴了，跑出跑进，那里也有她的声音，那里也有她的影子。琳说她是赶戏台的，那一个舞台下也有她的角色点缀着。我真爱她，大概谁也爱，人又能干，长的又清秀，性情更是温柔和蔼，看什么地方她应付的恰如其分，一点也不讨厌。她在学校教书赚来的钱，一个人用不清，无拘无束，更无牵挂，不受任何人的欺凌，也不看任何人的脸色；她真幸福！假使我有她那点程度，也不拿琳当生命：似乎成了他的玩具，爱时就可享福，恨时就要受罪，弃了你只可在道旁哭泣！也不敢像娜拉一样发脾气关上门就走了。

午餐时，岫琴和黛都喝醉了。琳也有几分。

岫琴大概心中有事，喝了几杯，没有浇愁反而引起愁来了，睡在璟的床上，打着滚痛哭！她真是解放的女子，一切都不在乎，不介意。母亲在背后骂她野姑娘，一点礼貌都不懂，不怕人笑话。父亲过生日她哭，也该有个忌讳。其实他们哪管这些，在外面惯了，想喝酒就吃个烂醉如泥，不论笑震天哭翻地也是自由，谁敢管。我看璟和岫将来最好组织小家庭，如果在这大家庭中，哪能生活呢！处处都是新旧不相融的冲突。母亲总是说："你们真是幸运，像我们从前做媳妇，什么都是自己做，白天站一天给公婆装烟倒茶，晚上还要给小叔小姑们做鞋袜。谁像你们，整天玩，公园电影场跑个

133

不嫌烦呢。"她老人家不说相差了多少岁数，只说她少年时的受苦受罪。她羡慕我们，而我们还觉得不满意这种生活呢！

昨夜三点钟才睡，我本来精神就不好，又累了一天；洗完脸我就晕在椅子上起不来；琳看着我他都不过来问问我怎样了。

我勉强扶着墙走进里间，倒在床上悄悄地流泪！不禁想到我自己的身世。想想这世界上除了琳谁是我的亲人。父母早死了，兄弟姊妹没有一个。孤零零来到他魏家，受了无数的虐苦；但是觉世界上只要琳爱我，我在他家里忍受点痛苦也不算什么。十五年这样过去，我没有埋怨过自己的命运。如今，维系我幸福的链子断了，我将向黑暗的深洞沉落下去。

哭的疲倦了，我回头看看小蓉可爱的睡靥；我的泪都流在她脸上，她脸上有过母亲伤心的泪痕，除了她，只有天知道我的悲痛。夜半，我起来去看琳，他头向里睡着：我无意中去摸了一下他的头，忽然觉着手上沾了水，呵！我知道了，琳也在偷偷哭呢！心中更觉难过，我伏在他身上问他，"琳！你为什么？"他默然。连着问了他三次，他一揭被单，翻起身来气冲冲的说："我明天搬到旅馆去；晚上都扰我睡不着。我还不知你为什么呢？"

我不是怕他，但是我为了息事宁人，我忍下去了。

八月十一日

黛今天来了。刚从璟弟房里走到我屋，她看见我这愁眉苦眼的样子，不禁叹了口气说："你们的家庭怎么好喜欢的太喜欢，忧愁的太忧愁。我也真不知该怎么处？走到东屋你们演悲剧，走到西屋，他们演喜剧。你还是和琳哥说清楚点，他到底怎样态度呢！仅这样也不是一回事啊！时代已经变了，而且你也是师范毕业的学生，受过相当的中等教育，犯不上真个屈服在如此家庭中过这样的痛苦的日子。楠嫂，我完全同情你，怜恤你，并且可以援助你。老是哭，气的病，也不能解决这问题呵！"

"我和他说什么呢！他只是一个不理你，我也知道我们中间是完全分割了，什么维系，在爱情方面是勉强不来的。他自然也是很痛苦，爱的人不能结合，不爱的人偏常在眼前，而且是挥之不去，驱之又来的讨厌他。在如今，他正式和我离婚未尝不可，不过怕父母不愿意，我一半固然是他的妻子，而我一半还是父亲母亲的媳妇，他们是正在需要着我，如果我去了，后来的人谁能这样长年在家里陪伴着他们。母亲先前不满意我，觉得我没有她们当媳妇时的勤苦，但是要拿我比上岫琴，那就我完全是个旧家庭中的妇人，而她呢正是改革这类家庭的反抗者。她只能作璟的爱人，她不能当媳妇。我走罢，未必离开魏家真就讨饭吃，就是出去当佣工，也可以维持我自己的衣食，不过我有点留恋，莲、兰、蓉三个孩子，我怎忍心让她们尝受失掉母亲的痛苦。小莲已经懂事了，不要看她是聋子，她看见我哭时，她也哭！有时夜间她听见我哭，自己跳下床，跑到我身畔来抱着我。'妈妈不要哭，妈妈不要哭！'小兰昨天告妈说：'奶奶！爸爸和妈妈淘气，急的妈妈哭！你为什么不说爸爸呢？'她们小灵魂内已经知道我是可怜的妈妈了，假使我真走了，那她们的命运更是不堪设想了，因之，我宁愿为了她们，使我置身在这苦痛中生活。"

我正和黛谈着，琳让云香来请她。

一会汽车喇叭响了，是他们去看电影。

黛来到这里也是左右作人难，然而她真能干，那一面都处的非常圆满，毫无破绽。

我想黛劝我解决的话，也许是琳故意托她来探我的口气，预备由我和他提出离婚，假使果然如斯，那琳的心也太狠毒了。他既和我决绝，然而表面并不现出什么来，对着人有时还要有意和你开玩笑。妈已经有点不满意了，说琳不回来是盼他回来，回来了又故意找闲气令他不喜欢；她不怪儿子，反而怪我。

我连哭都不能哭，哭了他们骂我"逼他走"，琳自己也再三说家庭苦痛一刻都不能忍，谁曾替我设身处地想一下。

昨天岫琴说："这家庭真教人气闷，爽性公开出来也痛快，谁都不肯揭掉假面具，不彻底的敷衍。过几天我想回家看母亲去了，我住在我嫂嫂那里也是气闷，整天拿着我的婚姻问题寻开心。来到这里又是这样别扭，真是你，楠嫂沉得住气，要是我早跑了。璟常向我夸他的家庭好，和气，爹妈的脾气都不怪，来到这里一瞧，满不是那么回事呵。老实说：楠嫂，我真有点悔了。琳哥和你也是相爱的夫妻，如今为了个钱颐青弄得这样结果；璟将来还不是这一套，哼！男人的心靠不住。"

她不知为什么反向我发牢骚，我没有说什么，只笑了笑！

八月十五日

这几日我心情异常恶劣，日记也不愿写了。

我想到走，想到死，想到就这样活下去。